近在远方

To the Brightness that Blinds Me

七堇年 主编

北京联合出版公司
Beijing United Publishing Co.,Ltd.

图书在版编目（CIP）数据

近在远方 / 七堇年主编. —北京：北京联合出版公司, 2015.3

ISBN 978-7-5502-4195-4

Ⅰ. ①近… Ⅱ. ①七… Ⅲ. ①短篇小说—小说集—中国—当代 Ⅳ. ①I247.7

中国版本图书馆CIP数据核字（2014）第272899号

近在远方

主　　编：七堇年
选题策划：北京磨铁图书有限公司
责任编辑：喻　静
封面设计：80零 · 小贾

北京联合出版公司出版
（北京市西城区德外大街83号楼9层　100088）
北京市雅迪彩色印刷有限公司印刷　新华书店经销
字数202千字　880毫米×1230毫米　1/32　印张8.625
2015年3月第1版　2015年3月第1次印刷
ISBN 978-7-5502-4195-4
定价：32.80元

很多人的生命，活得潦草、轻浮，却又把手里的每一件东西当作实有，不愿意它损坏，不愿意它变化。痛苦就是这样产生的吧。

因为时间过去得非常快，非常快。时间会欺骗我们，要体会时间最锋利的那道边缘线。

花谢

庆山
（安妮宝贝）

1

象河曾经问过一位朋友，如果4月去日本，要怎么看樱花。朋友说可以画条路线给她，但她后来又忘记了这件事情。只记得他说，樱花还是不一样的。桃花、梨花，一相比，就显俗丽。樱花的形状冷清，尤其在夜色中看，有一种矜持。象河觉得桃花、梨花、杏花就已经很美，从没有特意去看过樱花，因此无法比较。但这也不是她最关心的事情，她只是想出去走走。

鹿真和她约好一起走。在一个课程上，她们是同桌。以前鹿真是律师事务所的合伙人，后来辞了工作，学做茶，开一个小瓷器店。32岁，她独自跑去美国生下一个男孩，孩子的爸爸没有出现，也没有人知道是谁。但这是鹿真的生活，她成为一个推翻了自己所有过去的女人。她说，我的身体不好，有了孩子如果不生下来，估计以后一辈子也不会再有孩子。但我那么喜欢孩子，来到地球作为女人走一遭，总要感受一下做母亲的滋味。

所以，鹿真是为自己生的孩子。相同的事件，如果是为了一个男人，或者一堆不相关的人的看法，去生个孩子，这种为自己打算的态度，才能真正做到没有怨尤吧。鹿真不需要对他人解释自己的生活，只是一个人任性地带着孩子，这样生活。过完最忙碌的3年，她开始恢复学习课程和交往等一些活动。她对象河说，出去旅行一趟，想再次感受一下只有自己的滋味，或者，就去京都看樱花。

虽然都想出门，但各自有一些事情要处理，拖拖拉拉，到了4月下旬。最终决定，即便这个时段已经不适合欣赏到最好的樱花，也要去一趟。转转寺院，住一下日式旅馆，吃寿司和汤豆腐，泡热汤，这样也是好的。

对象河来说，在目前这样的阶段，能够把日常生活暂时中断，把脑袋清空出来，实在是很必要。她已经停滞不前很久了。5年，纠结在一段感情里，透不过气来，如同一场牢狱之灾。只有感受过的人才知道，爱欲的捆绑束缚比什么都强大，百般冲撞也无法突破铜墙铁壁。

但幸好有无常。无常，最好的作用，是让一切事物在改变。或者是迅疾地变化，或者是缓慢地移动，不会始终如一。如同一堆火会烧到余烬，黑夜会转回白昼。现在的她，处于终结之后的平复期。已经结束了。而一个新的开始也许会随时发生。

出发之前的晚上，收拾行李。大概是两个星期的旅途，她选择了一些清爽便利的衣裙，几本读过多次的旧书籍，一并塞入的，还有雨伞和太阳帽。3年前，她去过京都，那时是和C一起。那时，他们之间的关系已经走到绝壁边缘，至少在象河这边看来，已完全没有再往前推进的可能了。不会在一起，是非常清醒的现实，但也无法结束，相反，他们还一起出去旅行。

C的工作忙碌，只有5天时间，京都3天，东京两天，走马观花，匆匆忙忙。很多时候他都在旅馆里睡觉，或者打开电视看球赛。他喜欢吃炸猪排，喝啤酒。他们之间的兴趣完全不一样。他的欲望很重，并需求最基本的满足和享乐。所以，有时她一个人去街上。京都有时突然下起一阵雨，有时阳光猛烈，是这般阴晴不定的天气，但饶有情趣，她很喜欢。但她未尝不曾在这个旅途中觉得疲惫、寂寞。两个人在一起的孤独强于独自一人。

之后她思念这个古旧的城市，想再回去，但不愿意一个人出发。出门远行和待在自己的小公寓里，对她来说，没有两样。她的心有很多年，就这样，一直单独地和自己在一起。

在城市里，象河是芸芸众生中的平常女子。她为一本公益性的环保类杂志工作，有大企业在背后支撑，无所谓是否盈利，所以没有压力。每个月拿着不多不少的一份钱，刚好支撑起生活。父母买了一套小公寓留给她，他们常住旧金山她的哥哥家里。她一直与亲人不亲，甘愿一个人生活。从小她的心就很静，一个人在房间，打发很多时间。不看电视，经常万籁俱寂般。她像角落里的苔藓，可以这样默默地活着。她是这样的人。

直到遇见一个注定要遇见的人，经历一段注定要发生的恋爱。

打包好行李箱。她点了根烟，打算休息一下。拿出日记本，随意翻了几页。

“我们昨天和好的，各种胡搅蛮缠，目前还脱不了身。他依赖我，我依赖他，一种充满业力和障碍的关系，绝非那么简单。只是反复试炼和煎熬，何时是尽头。烈焰中觉得浑身碎裂一般，又好像跌入激流，完全没有方向。痛苦没有止息。

“过去36天。早上醒来情绪依旧反复，彼此已经不打电话不发短信冷漠很久。昨天他依旧做若无其事状，没有任何解释。目前处境艰难，但必须承担。他也许是被伤了自尊，不甘心这场挫败。我对他没有信任。我们之间没有感情可言，只剩下对抗

和胜负。

“早上扎针，医生说我堵得很厉害。身体有问题，淤积堵塞，人浮肿起来，觉得沉重，没有精神。是心在投射身体吗？也许应该真正从心底宽恕这个人。

“7年没有和男人恋爱，孤身一人。然后与他揪斗4年，不断反复。他来了一次，走了之后两天，又翻脸。坚持他的想法，始终如一，没有任何转机。还要继续反复吗？时间到了吗？

“一再轮回。如果自己没有做出改变，所有的事情，无非就是一再轮回。只能改变自己思考的角度，从根源上去解决。

“还需要多久的忍耐？磨了4年半，快到尽头，跑得越发累了。这个阶段，所有的妄念、期待一一破灭，所有的恐惧、依赖一一粉碎。这漫长的考验快到头了。最终要学会的是接纳和原谅。

“放下过去，把它们安置。守护和关照自己的心。让命运给予新的安排和转机。”

…………

她有预感，某天自己会彻底烧毁这些日记。这里面都是过去。是时间和意念万马奔腾之后的尸体。

2

在机场，她早到，等待鹿真。人不多，旁边一个国内旅行团开始点名。大约20人，穿各种花哨的衣服，带着花哨的行李箱，说话大声，声响嘈杂。一对小情侣，泡好了面相对吃起方便面和火腿肠。几位妇人比较着橙子的价格，并开始剥去果皮，当场分吃起来。空气中充斥着食物的气味。导游在反复提醒各种应该注意的事项，尤其强调上厕所一定要排队。

走过来一个高大的美国男人、一个小个子日本女人，生了一男一女两个混血孩子，头发都是黑色，小女孩很漂亮，一家人穿运动式衣服。女人目光坚毅，瘦而结实，两个大人貌似做科学或艺术类的工作。他们是相爱的家人，当着孩子的面拥抱很久，互相安慰。不是甜腻，是亲密。然后，各自拎起很重的包，去办登机。大人、孩子背着、拎着各种重包，没想过用推车。他们没有什么声响，说话声音很小。

她看了他们很久。是羡慕吗？当然是有。目前她还是孤身一人，没有家庭，没有孩子，没有可以互相拥抱的人。这么多年，始终没有新的人出现。哪里发生了问题？别人所拥有的，她没有。她不知道原因，只知道自己被卡在一道问题里，但这是上天安排给她的，它需要她给出答案。

以前每次到国际入口，她都会心惊胆战一番。曾经和C在机场大闹。那一次，本来要再去京都旅行。他已经安排了所有的行程，买了机票，订了酒店。他们办好登机，却在入口那里，他接到他妻子的电话。之前他一直拖延，说他在办理离婚，但每次对方一打来电话，必定小心翼翼避到角落里去接听。她在一边观察他，他接电话的口气和神情，远比跟她在一起的时候要温和与殷勤。在她这里，他会极为暴躁，如同一个会在任意时候引爆的火药库。

是因为他们过于接近，过于亲密，才导致彼此放肆地投射心里的恶性能量，还是因为他们不够爱，才会这样无法容纳和接受彼此？她一直没有分析清楚。只知道他们成为彼此的回收站，所有不愿意暴露给世间的黑暗，全都扔给对方。这是依赖，还是对彼此的轻视？

有时她看着他对服务员小心翼翼说着客气话的样子，心里一阵厌恶。他本性里并没有对任何人的尊重，却极为在意自己的外在形象和一张面子。大多数人都会这样虚伪地活着吧，为别人的评价和眼光而活。

在机场的那一次，她再次看到他与这个世界虚伪的关系，这关系中也包含着他们彼此。突然无法忍受，脑袋里轰然一声，失去了界限，胸口的嗔恨喷涌而出。她从来没有这样激动过，在机场的茫茫人群中，奋力打了他两个耳光。他在这样的时刻，通常不具备任何安抚的力量，只会火上浇油。如同崩溃了一般的她，坚持取回行李，终止旅程。

太可怕了。事后她诧异于自己那股突然而起的力量，不管不顾，仿佛要把天地撕碎。他被吓着了，沉默回避了很多天，又小心翼翼冒出来。是的，即便是这样，也没有离开。他说，我爱你，所以到死都不会离开。

这样的一种情感关系，孤独感前所未有。这5年，她最大的功课，就在于如何去消化这份巨大的孤独，还有这颗心被投射和激发出来的贪、嗔、痴。

3

等到鹿真。登机之后，飞机等待起飞，延误很长时间。坐的是日航，大多是日本人。在漫长的时间里面，整个机舱里的人保持肃静，没有指责、抱怨，没有聊天、议论，只是一片生生的沉默。她想，如果国内旅行团在这里，一定炸开锅了。但这种安静和她的心是一样的，大概人只有在心里自身取得和谐，才不容易受外界影响和干扰。

过了大约40分钟之后，机长在广播里通知了起飞。起飞的时候，也没有人有什么表示。他们完全安之若素。善于忍耐的一帮人。

鹿真负责照顾这趟行程的事务，她做事干脆利落，是一个高品质旅伴。她把孩子暂时交付到了父母那里，在飞机上一直在睡觉。象河独自读书打发时间，她第一次使用kindle，让人帮她在里面装书，对方帮她装了《大藏经》里面的一千多部佛经。

大阪关西机场落地。出关，直接坐地铁去京都。夜色已降临。相对于熟悉的城市里，永远嘈杂众多的人群，在这样人的数量减少而且习惯保持安静的国度里，心觉得更放松。她靠在玻璃窗边，看着外面飞速掠过的桥梁、河流、村庄、城市、高楼、灯火、田野……天色清净。地铁里验票的服务员彬彬有礼，走出车厢之前，务必会转身深深鞠躬之后再离开。他们显得很克制，尽量不去骚扰和影响身边的人，尽量留出很多空间和余地给身边的人。

京都车站，一座庞大的引起过争议的时髦建筑物。出站时，天色已黑。出租车直接开去鹿真订好的酒店。靠近南禅寺的日式旅馆，费用不低，但办完手续，走进去一看，顿时都呼出一口气。的确美不胜收，非常值得。房间窗外是绿意盎然的庭院，树木郁郁葱葱。榻榻米、木桌子、茶具和小点心，神龛上有挂画和插花。

身边所有触目可及的事物都是这样的美和洁净，留有余地和空间，人也渐渐变得轻盈起来，仿佛体内所有浑浊和分裂的能量都被交换清楚，觉得有精神。是跟洁净的空气和食物有关吗？总之，是不一样的。

晚上睡在榻榻米厚实温暖的被褥里，她看着纸门上花树阴影浮动。侧身，右脸贴着枕头，一直凝望这光影，渐渐睡过去。醒来，听到外面下起雨。雨水打在池塘上，打在树叶上，打在泥地上，打在屋檐上，声音滴滴答答，充满起落的韵味。有多久，她没有感受到与自然这么贴近了。在浑浊的城市里，心也不再敏感。有时她觉得很疲倦，不知道这样的生活什么时候是尽头。

再也无法入睡。黑暗中起身，微微推开一些门，潮湿的雨意扑入，风的气味清凉。她点了一根烟，裹紧和服棉布睡袍，对着雨声淅沥的庭院，坐了片刻。鹿真睡得沉实。两个女人在一起的旅行。她想起和C在一起的时候，那种孤独。所以，鹿真也是因为这样，才选择了一个人带着孩子生活吧。鹿真的长相古典柔美，眼睛细长，眉梢婉转，喜欢穿白衫戴珍珠耳环。但这么多年，一直没有男友。这么长久的时间，有时候她看起来过于干燥和洁净，身上仿佛已经没有了情欲的湿度。

早晨起来，先去泡旅馆里面的热汤。泡到浑身松软暖和，吹干头发，去吃早饭。饭厅是榻榻米开放式的大屋，面对庭院的松树和池塘。小碗小盘，一道一道，不紧不慢地端上来。时间开始松弛下来，有了质感。她们也没有什么景点旅游或购物的计划，出来只是想打发日子。汤豆腐清爽而滑嫩，米饭糯实。鹿真说了自己以前的事情。

她与上一任男友只谈过短暂的恋爱，没有希望所在。对方和她一起去超市，买的东西都要坚持分开付账，而且，有别的女人。分手之后，她发现自己怀孕了。因为以前生病，不容易怀孕，她决定把握住这次机会，生下孩子。就这样简单。她也有过微微的迷惘，不知道以后如何对孩子解释父亲这个概念的含义。想过是否为了孩子跟那个男人交流，保持日后的联系，可以对孩子有所帮助，但对方的态度冷漠至极，也就放弃了。

鹿真描述这一切，轻描淡写，如同置身事外。但在一些发生的现场，经历的恐怕是只有她自己能够感受的辛苦。如今她眉头舒展，没有半丝扭曲，彻底地释怀了。不怨恨别人，也不为难自己。鹿真说，这才是自由了。

但到底什么才是真正的爱情呢？男女之间的小情小爱，看起来的确不过是执念加上妄想，有时候显得没有意思。鹿真说，如果以后要找个男人，要的也是大的爱。

什么是大的爱？

互相关心、照顾，不干涉，不黏黏糊糊，不彼此占有。只是一起往前走。

4

旅馆老板告诉她们，目前京都的樱花大部分已经凋谢了，大概平安神宫和御苑里还剩余一些垂枝樱可以去观赏，吉野山上也是如此，不必赶去。

她们打车到平安神宫，买了门票，进入后花园。虽然没有赶到花期最恰当的时候，但这样的安排也是好的，起码心是恰当的。樱花果然已经开败。园子里略有春色凋落之感，八重樱长满绿叶。垂枝樱开得稍晚，也到了末期。远远望去，绿树之中的垂枝樱，花色粉白而朦胧，如同一树烟雾。人不多，有几个家庭过来，在树下铺开毯子，坐在那里晒太阳，吃午餐。樱花从风中飘落，纷纷撒在他们的头发和衣服上面，撒在河水和草地上。

御苑的面积很大，空空荡荡，都是仪式感的大路。时代祭的队伍应该会经过这里吧。象河想起和C一起来京都的时候，碰上时代祭。一个古老的城市，还保留着祭祀和仪式，也是一种安慰，可以让现代人有所依傍，有所追溯，让心安稳。如果所有的老城都被洗劫一空，人们只关注拆旧屋、盖高楼，快速繁衍各种西方的奢侈品店、快餐店、商场……也是很可怕的一件事情吧。象河看着身边这些人，他们大多穿得很朴素很日常，看起来举止安静，彼此友善相待。她觉得他们很幸福，因为城市还留有传统，以传统作为生活方式当中可遵循的印记，就不贫乏。

那次时代祭，队伍场面浩大地经过，突然，一场大雨突如其来。有些观众撑起伞穿起雨衣，有些就起身走了，可演员们还得在大雨中坚持。象河不知道如何处理，她和C都没有雨伞，所以只是在街上一路快走。最后找了一家定食店，进去吃午餐。店铺里也都是避雨进来的人，突然之间气氛很热闹。

C和她找了一个位置，挤在角落里，要了两份鳗鱼饭。她看到他的头发上全是雨水，拿出纸巾，小心去擦。他探过身来，微微闭起眼睛，这时候的男人，看起来就是个虎头虎脑的大男孩。也许每个男人的心里，在等待的是一个妈妈一样的女人吧。突然她心里生出对他的怜悯，想着他在这个世界上的劳顿和迷惘，他的生命一样也是苦痛的。所以，他们之间其实是一体的，平等的。

有时她想，这份关系为何如此困难。大概如同一座被摧毁根基的城市，他们之间也是被洗刷完尽的。没有任何结实的深厚的可依靠的内容，没有承担，没有诺言，没有未来，完全空无一物。一些连接的方式，说到底，不过是生活的点缀，如同调味料。而一对男女之间最重要的联系，是日常生活，互相关心，彼此照顾，一起往前走。这些才是真正恒久的基石。

但她与他之间没有，也不会有。鹿真说得没错，大爱需要考验，也需要福报。

5

四条大街有南座剧院、百货公司，各式传统的老店铺。南座上演坂东玉三郎的《藤娘》，买了两张票。她们打算吃简单的午餐，一碗荞麦面。撩开门帘，很小的店铺，里面的空间深，但也只能坐十来个人。剧院开场，是前排的好位置。大厅满满当当，观众年龄比较大，盛装打扮之后来看戏。

灯光调暗下来之后的座位，隐藏在人群里，她一边听着耳边传来的丝弦声音，一边看着台上艳丽的人儿身形手势种种变幻，此时清理自己的心，突然闪回一个画面。那是5年之前，第一次见到C。如同是前世的事情，突然一切都被推到远处，再不相关。她看到C坐在她的对面，穿一件条纹衬衣，微微笑着，面容英俊，眼神略带软弱。那是在朋友的婚礼上，仿佛是一种命定，他找到她，彼此迅速地黏合在了一起，速度可比闪电。甜美的序幕之后，正剧起头，里面是被各自激发出的悲伤和愤怒。一个无底深渊。

有人对生活产生过丝毫怀疑吗？她想。就如同这舞台上的戏剧，演员竭尽全力，演出丝丝入扣，观众们如痴如醉，沉迷其中。如果他们当时都意识到这一切原本是虚假的，是会结束的，消散的，那么，此刻的认真，是一种很好的品质。糟糕的是，很多人的生命，活得潦草、轻浮，却又把手里的每一件东西当作实有，不愿意它损坏，不愿意它变化。痛苦就是这样产生的吧。

如果能够笑着，认真而又清醒地演出一幕戏剧，这才是活到了禅者的境界了吧。她所遭遇到的这一出，何尝又不是一次领悟。

宽恕他人的行为，放下自己的期待和恐惧。

6

走出剧场，暮色已经弥漫街道。她们没有什么目的，慢慢往前走。有一家传统的果子店，叫京都的月，供应糯米团子。应季点心是樱花做的团子，里面夹了红豆沙馅，点缀一朵新鲜樱花，一起蒸熟。店铺门口打出了樱花点心的广告。决定买一个尝尝。店员一直在微笑，感谢。仔细周到地做了漂亮的包扎。他们都是认真的生活者。

旁边的店铺密密麻麻，卖山茶花油、香、茶叶、珠宝、梳子、偶人、古玩、包袋手绢、糖果、化妆品、头饰、酱菜、米饼、文具等各式杂货。有些店面维持着以前的旧建筑。鹿真说，可以想见以前的女人们活得还是很好的。身心被滋润，自在而柔软地舒展。其实经济发达一点儿都不算什么，没有高级轿车、没有飞机、没有网络的时代，人们有更多打发时间和慢慢享受自己的喜悦的方式。

幸好，这里还是能够觅到一丝古风。

远远看到街道的尽头是八坂神社，夜色中祈福的白色灯笼亮了起来。

在一家日式餐厅里吃饭。晚上只有一种正式料理，要价不低。走累了，决定进去歇息。店铺里空空荡荡，原来只有她们两个。先上来一杯樱花茶，泡开的樱花，花瓣如同薄纱一般，在水中轻轻浮动，撒了炒米。依次上来生鱼片、各式煮物，直到米饭、汤、甜食。节奏控制得均匀而平衡。服务员是穿和服的眉目温婉的女子，脸上一直微笑着，殷勤柔语。落地窗外的庭院，有草地，一株茶花。他们不会种上太满的植物，总是留有空间。

古都让人觉得静谧而舒服。人与事均克制，一切有秩序可遵循，但是一回去自己的城市，显然就不会这样。鹿真说，每天一睁开眼睛，天就亮了；一闭上眼睛，天就黑了。日子"唰唰"流过去，比河水还要无情。有时候觉得太快了。真的，太快。时间已经这样快，我们还不能够控制自己的生活。新闻上一会儿飞机出事，一会儿轮船出事。旅行坐个热气球，热气球也会爆炸。登一次雪山，雪山雪崩。去峡谷里远足，人会失踪……

人能够预料到什么呢？我们其实生活在一个非常脆弱的幻觉里面。

清酒的名字叫一刻者。鹿真酒量好，喝了很多杯，但她不醉，只是变得比较愉快、积极，话也多起来。她说，以前我总觉得，人活着已经这样不容易了，时间也很少，越发要抓紧时间好好去爱人，被爱，享受爱情和肉身。但是我们俗世的感情，都太自私，太贪婪。所以，快乐最后都会变成痛苦。

她说，我们不缺乏爱的能力，却不容易得到一个可以付出这份能力的对象。其实能够爱自己也是很好的。懂得了怎么爱自己，才可以去爱更多的人，不是只想抓住一个不放。何况这世间哪有完美的爱情呢？

我们乞求和需索的，都是让对方令自己觉得快乐、安全。何曾去理解和观看过对方内心的深渊呢？没有怜悯，就没有长久的温柔；没有相信，就没有最终的坚持。

她说，当我看清楚这些，有时候在出租车上听到电台放情歌，就觉得完全听不进去，没有代入感。因为你可以分明地看到，在那些爱恨别离的反复折腾

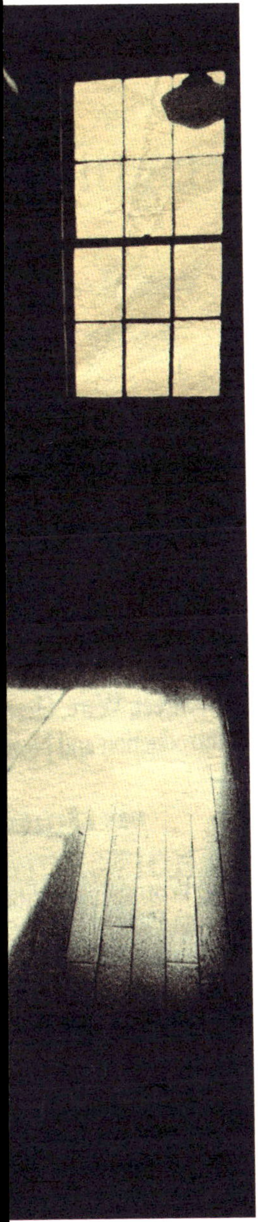

的情绪当中，除了我执、混乱，没有其他。人不能故意给自己的心催眠，让它不醒。也许是我的心也老了吧。情爱是人能够放弃的最后一个幻觉。

店堂里轻轻响着的音乐，是三味线演奏的，陈旧，幽柔，略带刚性。她又给鹿真倒上一杯。

她以前跟鹿真想得一样，觉得时间太快，生命无常，所以有一段时间，特别想跟C在一起，许下诺言，彼此天长地久，抓紧每一分每一秒。好好生活，享受生活，与他互为一人。就是这样的执念，并且为此执念受苦。人所想的的确是一厢情愿。C的问题不是她所能解决的，事实上他对自己的心有任何觉知，对自己的生活无能为力，活在自得而僵硬的牢笼里面。这是他的生命。

他怎么可能成为那个可以承担起她的人？他连自己都是沉沦的。

鹿真又说，但是爱欲不需断除，它也是修行。带来苦的是偏执心态，嫉妒、嗔恨、怀疑、冷漠由此而起，不是爱欲本身。所以不把心训练好，自己受苦，也让别人受苦。毒草因为恐惧和无法控制而被拔掉，只有孔雀愿意吞下它，让自己的羽翼更美。到了最后，欲会因为极致表达和满足而超越、淡薄、蒸发不见。爱会上升，因为慈悲而更温柔更清凉。

她说，现在的我，觉得爱是一个珍贵的承诺。我们带着承诺来到这个世间，不单是对少数的几个人，应该是对很多人。

7

东寺，集市每月21日开。她喜欢这个集市，平民化的，很大众，物品丰富，一天完全逛不下来。各种生活里可以想到的东西，这里都可以看到。她每次来时间都恰好，上一次也去了。各种古布、草药做的香皂、老琉璃珠子、佛珠、旧画、古钱币、旧茶具、手工做的项链，她乐在其中，C完全没有这种闲情逸致。等了半天，终于发火，完全旁若无人，沉浸在理所当然的愤怒当中。她在周围那些安静地站立着的人当中，感觉很羞愧，终于沉默。

C所关注的，是豪宅、名贵跑车、健身房、不断升职。他置身的工作范围所带来的中产阶级的价值观，也是大城市中一些人的共同信仰。这样完全不同的两个人，怎么会在一起的？也许前生彼此有一些问题没有得到过解决，这里有宿缘的考验，但所有的关系都是这样在混乱和无逻辑中产生的。

如果她得到一个合理化的生活，那就应该是遇见一个和谐而安宁的伴侣，两个人心意相通，建立起彼此的一份生活，种花种菜，生儿育女，相濡以沫，天长地久。如果C是一个温柔得能够以他人为重的人，又会是怎样的呢？但人的所想，不也是自己狭隘的主观念头所生发出来的吗？当C遇见她的时候，他就已经是他自己。她和他，一直想改造对方，争斗了这么多年，分明是被一场妄念的游戏欺骗了。

鹿真比她更有兴趣。她们碰头的时候，各自大包小包，决定去旅馆放下东西，然后步行去南禅寺。

古老的三门，端正大气。庭院有禅意，很多人坐在木地板上，静静看着白沙上面的岩石和假山。松树的姿态优美。黄昏的暮色渐渐围绕，清凉雨丝落下。不知不觉，身边的人都走尽，剩下她们两个。

她在庭院出口，买了一盒香。京都的寺院都会有自己做的香。她有时独自点一根，闻着空气中幽幽的气息，想起上课的时候，老师说的话。他说，香代表着什么呢？香是承诺和牺牲。如果我们爱一个人，就要为他牺牲，而不是想着改变对方，支配对方，控制对方；而承诺是，让他圆满。

和鹿真在课堂上认识，她们学习打坐。有一个晚上她打坐，在静止中感受到心胸奔腾，仿佛如同碎裂的冰块扑通扑通坠入河流之中，消融不见。那一刻，她有一种满心的柔软和敞开，也有一种清静的悲伤。不是难过，不是后悔，仅仅是一种清静的悲伤。在长时间的融化之中，人无法分离出来。等她停止之后，才发现自己已经泪水满脸。旁边一个穿白衬衫的女人，递给她一张纸巾。

鹿真说，不要想未来，也不要想过去，即便是现在，也是没有的。因为时间过去得非常快，非常快。时间会欺骗我们，要体会时间最锋利的那道边缘线。

晚上她们再去旅馆的浴室泡热水澡。鹿真脱下所有衣服，赤裸走进浴室，坐在小木凳上洗头发，擦香皂。冲洗干净，然后踩入浴池当中。深夜再没有别的客人，两个人坐在浴池里，听着热水咕嘟咕嘟流动的声音。鹿真说，象河，你现在已经不一样，跟一年前我在课堂上见到的你，是不一样的。她说，什么变化？鹿真说，以前你整个人是散的，现在你感觉到自己像一株花枝，插在水里，这样就会安静地慢慢开出花来。

我们的生命，应该像花枝，安静地等待，安静地开花。开满花，然后即便枯萎了，也是恰如其分。因为在合适的时间做了合适的事情。要像花朵这般自在，少想，少做。

你知道花开了怎样才能不凋谢吗？她说。

回到房间，她们相对而坐，又一起喝了几盏茶。庭院在夜色中，如同河流上漂浮的船。其实她的确已经不怎么想任何事情，只是感受，只是体会，只是等待，任由时间从身边滑过。在这个古都，她更能够看到自己。

最后一次见到C，是他特意来看望她。他们一起吃晚饭，她看到他老了，长出白发。他说，我要去染发吗？她说，不用，染发做什么？他说，怕你不喜欢。她微微笑着，不说话。

他说，每次见到你，都觉得你是这个世界上最美的人，所以我无法离开。

那一刻，她知道他说的是内心真实的话。那一刻，她也知道，他们大概只能这样互相原谅，直到彼此能够内心圆满，各得其所。没有期待，没有恐惧，这比什么都重要。他成为远远的一个友好的人。生命是一场幻觉，只有慈悲是真实的。

那一次见面之后，她彻底放下了他。

8

最后一天，她们去了三十三间堂。1000座站立的千手观音造像，中间是一座庞大的千手观音，美丽至极，浑然天成，是造像人湛庆80多岁时候的作品。

她久久看着这座观音，无法移动脚步，不能转移视线，只是长长久久地注视，泪水涌动。

鹿真扔进去一个硬币，点了一炷香，插在香炉之中。也给了她一个硬币，让她这样做。

她说，当我们在礼敬一尊佛像的时候，是在寻找自己心里的智慧和慈悲。希望自己的心，如同他们一样，自在、清凉，然后可以祈祷。不是为自己，是为所有被自己内心的烈焰灼伤过的人。

她说，心中的一念，就可以让无边的世界幸福。终结了会有开始，死去的会复生。只有这样，花开了没有凋谢。

王后的手掌：探访印度拉贾斯坦邦

陈丹燕

前言

很早以前，有个古印度的小国王，住在沙漠深处的宫殿里。因为正处在金银宝石成河的古代丝绸之路上，所以他的宫殿里应有尽有。他那富丽堂皇的宫殿故事，随着在骆驼上弹琴唱歌的诗人流传到沙漠另一边的阿拉伯大地，一直流传到阿拉伯的深宫中。夜晚讲了一千零一个故事的聪明公主，都用他的故事开头：“传说中，那个富有的印度王子……”

传说中他的宫殿里有最美丽的王后，连莫卧儿皇帝在宫中的水池倒影里看到她一眼，都无法忘怀。

传说中他宫殿的墙上装饰着无数的细密画，用藏红花汁画成的花朵永不褪色，那些细密画之间镶嵌着无数彩色宝石，还有无数水银镜的碎片。当夜晚到来，只要点起一根蜡烛，整个宫殿就会如最晴朗的夜空那样，闪烁出无数细小明亮的光芒。

传说他宫殿的天花板是用无数金片镶嵌而成的云朵，用了数不清的金子，可还未完工。

有一天，我在土路上跋涉，经过了渥热的戈壁，经过了尘土飞扬的山丘，终于到达他的要塞。我穿过红砂石的要塞，经过已磨得照得见人的石子路，经过已干涸了的水池和已变得发黑的凉亭，来到那里。

拉吉普特王孙们留下的古老宫殿墙壁上，至今仍留着无数的细密画和湿壁画，无数闪闪发光的五彩宝石，古老的国王在墙上拈花微笑，在画里骑着一匹白马。空荡荡的宫殿正中，还留着檀香木雕刻的宝座，上面落满了白色的沙尘。古老的塔尔沙漠和更古老的阿拉瓦利山脉之间，是一片色彩缤纷，充满传奇的燥热大地。

1

传说中这片横跨在巴基斯坦和印度西部之间的沙漠中曾有23个古国，它们红砂石或者黄砂石的要塞大都建在峻峭的山冈上，它们的山脚下是古老的商贸之路。要塞的高大木门上有密密麻麻的粗大铁钉，那是为了防御敌军的大象前来破城钉上的，和大象的头一般高。为防止敌军大象破门时有足够的距离助跑，要塞的大门总开在90度急转弯的道路后面。

这座巨大平坦的城堡建立在80米高的山丘上，古老的黄砂石已被人们的脚摩挲得异常光滑。当年德里的皇帝为讨回被城堡里的人抢走的货物，曾围城9年。当破城在即，Jarhar（自我献祭）在城堡里执行，女人们投火自焚，男人们穿上藏红花色的殉道者长袍，冲下城堡赴死。这座城堡里的人，商业上的欺诈与英勇的征战同样著名。现在它是世界上最濒危的古堡。

2

金色城堡外便是漫长的欧亚通商之路，那条流淌过无数财宝和丝绸、茶叶的古路上，有无穷的传说与传奇。如今城堡里住着的大多是古老家族的后代们，许多人家都已在此住了几百年，从前买卖鸦片和檀香，现如今买卖香料、咖喱和克什米尔羊绒。

3

穿过要塞干涸的阿拉伯水池，穿过庭院正中用白色大理石雕刻成的王椅，就是白砂石的后宫。四四方方的院子，白色大理石或者红色砂石的花格窗出现了。这里的花格子镂空窗有280多种不同的钝角、锐角、等边三角形和梯形，沙漠强烈的阳光透过花格窗，在内宫长而幽暗的走廊里玩着精美的光影游戏。

花格窗内是深宫的走廊。古国的王后和王妃们伏在窗后窥视外面的热闹，但外面的人见不到她们。

4

曾经雪白的大理石如今都已经变成了棕黄色，想必那里留着历代王后和妃子们的指纹与呼吸，还有她们望到精彩处忍不住发出赞叹时的唾液细沫。斋浦尔的后宫曾佳人无数，所以在斋浦尔紧贴着古老市场的宫殿里，在18世纪为后宫的女人们造了犹如巨大蜂窝般的风之宫。那里有层层叠叠的花格窗密室，高悬在古城最繁荣喧哗的市场之上，让她们有机会远远地窥视人间。

5

我曾细细抚摸过那些变黄了的大理石窗格，从那些凝固在大理石上的沙漠玫瑰花孔洞里向外张望，也曾将自己的手掌覆盖其上，似乎与她们穿过时间与地理的重重烟雾相逢。

6

王后的轿子当然也要密密合围起来，不让人看见。离开王宫后，把王后藏好了，才能穿街过巷，哪怕是20世纪初的大城市伦敦。当时伦敦所有报刊都拼命想要拍摄到隐藏其中的王后的照片，有个摄影师总算拍到了王后的脚，但由于大公强烈反对，印有王后一只脚的照片最终被报社召回。

7

古国的大公总有一个王后和许多王妃，后宫总是方方正正的院落，用白石铺筑成。与要塞前面阴郁紧张的红砂石不同，后宫总是洁白的，直到时间弄脏了人去楼空的宫殿。

当年女人们就住在各自幽暗的房间里。她们各自有独立的楼梯和房间，但还有一条只给大公用的走廊，他可以不被打扰地进出任何一间房间。

8

渥热干燥的中午，赤脚走进王后的房间，紧闭的窗上装饰着16世纪时从比利时买来的彩色玻璃，那时它们和宝石一样贵重。强烈的阳光射穿玻璃而来，因此阴凉安静的室内充满一团团五彩的光线，只有印度才有这样热烈的梦境。

王后房间的墙上画满了各种盛开的鲜花，朱红色的，其中的一些现实中并不存在，是身处沙漠的工匠们想象出来的植物，那些半个巴掌大小的植物的细密画，被一层古老的蛋清亮晶晶地保护着，散发着梦幻的气氛。

你要戴上眼镜去细细观看宫殿墙上的细密画，沙漠中的古城堡里留着那些著名的细密画流派的传世之作。它们就这样裸露在王后的房间里。这里是沙漠之城比卡内尔内宫，它保留着整个地区最辉煌的内饰。

9

王后的卧室，就好像是一千零一夜故事里描绘的那样色彩缤纷，温柔细腻，尽善尽美的细节铺天盖地。王宫里的门却常常窄小得不可思议，那是为了防止刺客长驱直入。留在屋里那张低矮到几乎贴住地面了的眠床，保留着征战时代残酷的杀戮气息，因为刺客曾躲藏在床底下。

如今这些沧桑与幽暗，剥落的宝石，褪去的颜色和满室水银暗去的镜子，这些时光的痕迹激发了无限的想象力。

10

如今差不多已被沙丘吞噬了的荒凉地，掩埋着古代印度的十六大城，有个连谷歌地图都找不到确切线路的古老小城班加尔。当年它的王是斋浦尔王的弟弟，现在它是世界上十大鬼城之首的废城。就在2013年的旱季，还有6个本地人日落后进入班加尔古城，第二天被人发现死在了那里。

当地政府公告，不要在太阳落山后进入班加尔，以保性

命无虞。传说中班加尔王后遭到毒咒，在战争中公国覆没。如今这里只剩下墓地、神庙、市场的残骸以及倒塌的宫殿。黑面猴子成群结队地生活在各种废墟中，细细观察它们，有的举止优雅，有的形容忧郁，也有的暴躁粗俗，还有的行为恭顺，面容却阴险。

当你经过它们身边，它们便抬起头来静静目送你。

11

19世纪拉贾斯坦邦的城堡与市场，一村又一村，到处都有kathputlis。这是一种提线木偶表演的古老戏剧，古堡与古国的传奇故事就是靠这些走南闯北的木偶留传下来的。与世界上一些古老而历史丰富的地区一样，带着提线木偶走街串巷的吟游诗人们创造和记录了无数的沙漠英雄传奇。

12

陈丹燕旅行语录

对一个出门旅行的人来说，世界真是越来越方便了。但比起从前那些数月在摇晃的马车和灯光如豆的驿站里度过的旅行者来说，现在的旅行也日益失去它最迷人的地方：对世界的探索。旅行者之所以披星戴月，忍受诸多不便和失望，读《大唐西域记》时，我最震惊的是，即使是人们心目中圣徒般的玄奘，也在书中有不尽的失望与抱怨，因为心中对世界的兴趣大大超过了对享受的期待。旅行者奔向未知的陌生之地，心中早已准备好了接受任何奇迹的挑战。只是在一个太便捷和鼓励懒惰的世界上，这样旅行的探索乐趣渐渐变得稀缺了。只要你仔细想想，如今要想像从前那样，被一个恐怖故事狠狠吓一跳都不容易找到。

拉贾斯坦邦却是完美保留着旅行真正乐趣的地方。

13

这里也曾是古代商路上最富庶的地方，这地方见识过数不清的宝石和金银，以及印度最好的大理石。绿色的大理石用来铺乌代布尔宫殿的地，白色的用来造焦特布尔王家祠堂的墙，当阳光照耀在厚厚的大理石墙上，有些质地特别纯厚的白色大理石会被阳光穿透，散发出金黄色的光晕。当月光照耀在白色大理石宫殿上，它就变得好像一团透明的白色光芒。

这是出产国王的土地，各个宫殿里总能看到各种大公的肖像悬挂镶嵌，在油画里，在细密画里，在金子和宝石打造的各种镜框里，但看不到王后的脸。在这古老封建的土地上，女人是属于男人的一种财产。

14

拉贾斯坦邦的历史，据说比这个国家其他地区的历史加在一起还要长，充满了征战与牺牲。如今偏远荒野处的小宫殿墙上，还保留着几千年前印度史诗《罗摩衍那》里的战争画面。从12世纪到19世纪，这块大地经历过无数战争和掠夺。亚历山大大帝远征来过这里后，十字军又来了，尔后莫卧儿军队来过了，圣战战士来过了，英国人来过了。可沙漠中那些以拉吉普特骑士传统为骄傲的小公国，从大公到战士总是宁死不屈的。

内宫最高的塔楼里总养着信鸽。大公去打仗随身带着鸽子。王后就在塔楼上等鸽子回来。要是鸽子带回来的是打胜仗的消息，王后便传令准备宴席。要是带来了坏消息，军队回不来了，王后便吩咐人在要塞里烧起熊熊大火，自己跳入火中，自焚殉夫。王后并不是独自自杀的，王妃们也会随她一起入火。然后，那些战死士兵的妻子们也入火而去。这就是拉贾斯坦邦古老的SATI。

15

如今要塞门口的城墙上，大都印着些血红的女人手印子。那是小王国被破国在即，国王的妻子和士兵的妻子跳入火堆殉夫前，在城门前留下的印记。印度古老的妇女殉葬习俗，就开始于这些沙漠中的要塞。

焦特布尔要塞大门口的墙上至今留着15个手印，那是曼·辛格王战死后，他的王后

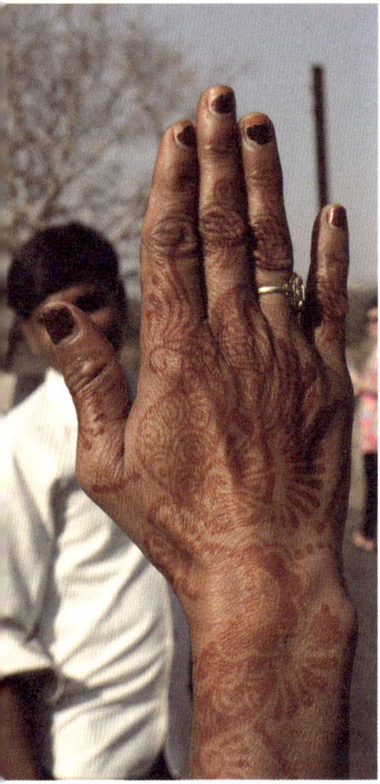

带着14个王妃跳入葬礼火堆殉夫前留下的手印，这是拉贾斯坦邦的最后一次王后带领下的集体殉葬。

有的要塞门口，刻在红色手印下方的简短文字已经失传，所以没人再了解它们到底要说什么。但如今仍有人常常为它们涂抹上香油，也有人在清晨将一串白红相间的小花挂在那些从大石头向外凸起的手印上，作为纪念。

16

一天，在尘土飞扬的土路上，遇见一个年轻女子。她向我伸出她的手，展示她手上的纹饰：那是五千多年前从阿拉伯传来的传统纹饰，新娘手上的纹饰henna，祝福新娘好运的意思。那上面的花朵，好像花格窗上的花，沙漠玫瑰。她的手四方形，手指短而平整，令我想起要塞上那些无声无息的手掌。

17

在朱纳加尔城堡门口，我将自己的手掌覆在一位自焚殉夫的士兵妻子留下的手掌印上，她的手很小，比我的手小多了，她应该只是个十几岁的少女。

我将自己的手覆在她的手掌印上，想知道她在熊熊大火里是不是很疼。她心甘情愿这样为丈夫牺牲，是不是能够安息。

18

在古老的奇陶小城，拉吉普特王后牺牲的故事仍在传播。

有个小公国的王后名叫帕德米妮，即使她总是躲藏在花格窗的空隙里张望，可美貌还是四处远扬。她的美貌传到莫卧儿皇帝耳中，皇帝特意带着大军，从德里一路行军来到拉贾斯坦邦，想要见识一下她的美貌。小公国的国王迫不得已，只得将王后安置在莲花池中央的一座凉亭里，让莫卧儿皇帝在水和镜子的反射中看到王后的样子。这一见实在惊艳，所以莫卧儿皇帝决定要将王后抢走。

莫卧儿大军紧紧包围住要塞，只耐心等里面的人渴饿而亡。

但是王后带着城堡里的女人们烧起火堆，换上她们婚礼时穿的纱丽，在她们丈夫们的注视下跳入火堆，男人们在前额上抹了神圣的火灰，冲出城去赴死。在胜利高塔附近，如今留下了许多纪念妇女SATI的石头手掌，那里曾有1万3千名古代妇女自焚殉夫而死。

虽然如今在拉贾斯坦邦已废止了妇女殉夫的习俗，但这些刚烈妇女留下的手掌，仍旧以一种光荣的形式留在要塞的大门口。那些摊开的手掌，就是她们的肖像。

19

留在宫殿细密画里的仕女像，令人想象那些美丽的王后。

20

梅兰加尔城堡如今已成为焦特布尔最著名的博物馆，整日开放给世界各地的游客参观。人们在王后去伦敦的轿子前好奇地张望，在后宫的白色小广场上观看男人们各种包头巾的表演，在玻璃柜子前观看王后婚礼时装饰着各种宝石的纯金面具和头饰。只有在黄昏时分，走上高耸于岩石之上的塔楼，才能听到成群结队的野鸽子盘旋于塔楼之外，扑打翅膀的声音。它们还是那些曾决定了王后命运的鸽子吗？

21

给王后带来好消息或者坏消息的塔楼，如今只是一个能登高望远之处。

22

陈丹燕旅行语录

安静下来，你要安静得好像阿拉伯水池里浅而静、倒映着蓝天的水一样，没有一丝的涟漪，这样才能在这无穷灿烂的细节里沉浸下去。

23

镜宫用无数涂了水银的碎玻璃镜面嵌在墙壁里，这些细碎的镜面做出各种各样的花朵与藤蔓，它们嵌满了整个宫殿的墙壁和天花板，闪烁着成千上万的细碎的光亮，好像迷梦一样。

印度人说，等到室内昏暗下来，那些墙上凹进的白色小龛笼，就是当年安放烛台之处。黄铜做的烛台上刻满了细密的花纹。这样的房间，只要点一根蜡烛，满室就会有无尽的闪烁，镜面在闪烁，宝石在闪烁，金子在闪烁，玻璃在闪烁。当然，无声时，杏核般形状的眼睛在闪烁；微笑时，牙齿在闪烁，戒指和项链在闪烁；充满阴谋与背叛时，泪水在闪烁，匕首在闪烁，毒酒在闪烁；惨烈时，汩汩流出的鲜血也在闪烁。古老宫殿里什么故事没发生过呢？如今，即使我什么都不知道，也能在幽闭的寂静里感受到那些故事的气息。

那时你才明白，阿拉伯神话中奇迹般的印度，原来是真实的。原来镜面的无限放大，无限空间和无限闪烁，不光是建筑的，不光为了倒映出一朵烛光的千万光芒，也是宗教的灵魂无所不在，生命无限轮回，以及世界的无限虚实。

印度宫殿总有一刻会让人想起自己少年时代读过的第一本哲学书，那么智慧，那么曲折，那么悠长，那么难以把握却又难以罢手。

24

梅兰加尔的花之宫，是一位波斯工匠用十年时间装饰和创作的，他用金叶、胶水和奶牛尿合成的古怪涂料画出华丽的房间，在那里画满各种美妙的植物以及人物，还做了一个用80公斤金饰装饰的天花板。在天花板上嵌入了许多大公的肖像。但还未完成，他便去世了。为了纪念他，大公决定保留花之宫原来的样子，不再请人接着完成波斯人未竟的工作。

25

在古老丝绸之路上的宫殿里，在红砂石上有着无穷无尽的雕刻，从拉贾斯坦人喜爱的各种温柔卷曲的植物和藤蔓，到伊斯兰的各种精细均衡的几何图案，到安静典雅的花鸟图。刚开始它只是散发着古老而纯正的汉族气质，在陌生的、被放弃依旧的莫卧儿宫殿里。结果，这果然是汉族工匠做的，他们沿着丝绸之路而来，留下了自己的手艺。

只是，当开明的莫卧儿皇帝迁都前往德里，有人因为不喜欢偶像，而铲除了花鸟图上所有的鸟头。

26

4月的清晨，空气湿润清新，带着一股鸡蛋花的清香。这是拉贾斯坦邦举世闻名的酷热夏季将要到来前夕的一个令人意外的凉爽早晨，庭院里的国际象棋盘上，肃立着拉吉普特人打扮的棋子，他们是塑料的，座下装着小轮子，方便下棋者在棋盘上移动。国王骑在白马上，王后端坐在象辇上，还有大将和士兵。这是这座夏宫花园里最古老的遗存，从前王孙们坐在棋盘两端的椅子上下棋，站在棋盘里的，是女奴隶。

27

在一块世世代代征战不绝的火热大地上，想让自己王国的旗帜世世代代飘扬在自家世袭的要塞屋顶上，拉吉普特的王子们和大公们各有充分的智慧生存下来。有时在莫卧儿王朝的军队滚滚而来时，大公除了能宁死不屈之外，也会参加征战，出钱出力的交换条件，就是保持自己小公国的独立。莫卧儿灭亡后，英国人来了，大公又出钱出力，签署友好条约，加入第一次世界大战的英军，交换条件是英国人保护王国不受马拉地人的侵犯和抢掠。

许多年以后，在16世纪的宫殿底楼，我惊奇地看到一架古老的老式双翼战斗机安然陈列在王室战绩纪念大厅里，那是英国皇室为嘉奖拉吉普特友军的英勇，特意赠送给大公的礼物。如今全世界就剩下两架这种型号的飞机。其中的这架，到达王宫后就再也没起飞过。

28

夕阳西下时，后宫各处总能听到鸽子咕咕的叫声，好像古代那些曾在宫殿里欢笑或者哭泣的大公与王后的幽灵那样徘徊不去。

你会突然感动，为这块悲伤又壮美的古老土地——它具有神话才有的所有迷人之处：迷离斑驳，古色古香。它有着简单明了，却又奢侈到令人难以置信的审美。当你走进沙漠深处宫殿里的蓝色听雨室，就能明白我在说什么。那个精美的听雨室，墙上有个雕廊画栋的小平台，下面有个黄金做的旋钮和一道信箱口粗细的出水口。当国王想听水滴清冷的声音，他就让仆人往平台里注水，水就从墙壁上细长的出水口流下，发出潺潺声，掌管旋钮的仆人，会按照他耳朵的需要调节水流的旋钮，确保水流能发出各种淙淙潺潺与各种涟涟汤汤之声。

29

陈丹燕旅行语录

去一个地方旅行，实在是需要心中有一种信仰般的力量，相信自己一定能找到自己想要的东西——那种突如其来的心花怒放，那种在遥远之处突然天人合一的喜悦之情，好像那在漫长生命的轮回中曾经熟识之地，那种既熟悉又陌生的感受，海浪一样，一排排汹涌而来，摇撼心灵。在我看来，这是旅行可追求到的最高心灵体验。这种相信有种宗教性，在还未亲眼所见，也无法证实的时候，笃信。

30

王室早已离开王宫，但后宫花园深处的小院落还在原

处，仍旧长着遍地枯草，那里曾是惩罚王妃或者王后的囚禁处。

31

焦特布尔大公是拉贾斯坦邦最后一个放弃王国和王位，加入印度共和国的大公。这个开始于15世纪的古老王室经历了无数征战与牺牲，征服与为继承权而奋斗之后，在1947年将要放弃前，王室仍旧在臣民中保持着崇高的威望，也享受着人们热诚的爱戴。人们仍旧将大公和王后称为他们的父亲和母亲，即使在印度独立后的漫长岁月中，王室成员出现之处，人们仍旧向他们热烈欢呼。在这块骑士传统深入历史与文化的土地上，古老的传统仍富有生命力。

在险峻的梅兰加尔城堡大门口，当年阵亡的大公，仍旧每天清晨都能收到第一串新鲜的万寿菊花环。到黄昏时分，清晨的花环已经干枯了，但下午的花环仍旧散发着湿润的芬芳。在雕像的不远处，为大公殉葬的王后与王妃的手印上也散发着香油热乎乎的檀香气味，那也是一种真心实意，绵绵不绝的纪念。

32

在要塞的门洞里坐着眼睛又黑又大的卖水女孩子。来来往往的印度人停下喝水，人人都知道如何共用一个杯子——他们高仰起头来，张大嘴，将杯中清水倒入口中，嘴唇并不碰到杯沿。这是我看到的最节制与优雅的分享水的方式，在沙漠中。

33

拉贾斯坦山岗与沙漠里的王宫，如今渐渐成为豪华酒店，其中最负盛名的宫殿酒店，大概算是乌代布尔的湖宫。

这是一座在湖心中央的小岛，原先王室的夏宫。宫殿里到处装饰着大公喜欢的彩色水晶，闪闪发光。夏宫的房间墙上仍保留着古老的墙画，蓝色身体的爱神和吹笛的女神，他们身上的珠宝都是用真实的宝石镶嵌在墙上的。黄昏到来时，湖面上飞过成百上千的飞鸟，坐在凉亭里能看到鸟儿们柔软的腹部和飞翔时缩在翅膀下方精致细小的爪子。

到夜晚降临时，小岛上摇曳着上千朵烛光。

有人在水上花园旁载歌载舞，长得很像阿富汗人的女孩，穿着镶满小镜子的黑裙子飞快地旋转着，笑靥如花。我相信她们唱的是沙漠中天长地久流传下来的传奇，高亢辽远的声音，不见南印度玄远神秘的灵魂之音，高歌时她们也不闭着眼睛，而是直面仰天。

几百年前，乌代布尔王曾给予沙·贾汗皇帝庇护，将沙·贾汗皇帝藏在湖中岛上的王家花园里。沙·贾汗皇帝因此对岛上的建筑印象深刻，以致日后，他在阿格拉兴建泰姬陵时，采用了岛上行宫的圆拱顶。我不知道，那用古老的拉贾斯坦方言唱的歌曲，是否就是这一段。

34

泰姬陵里也没有王后的画像，那里只有一具小小的白色大理石棺木。阳光透过花格窗投下无数繁复阴影，好像无尽的、悲伤而温柔地转动着的、变幻无穷的万花筒。

35

班加尔也没有王后的画像，那里的神庙里，只有一些沉默的男人在祈祷。我走进去，他们带我到了个地方，指点我撞一下屋顶挂下来的铜铃，点一炷香，放下一张揉得皱巴巴的纸币，作为微小的奉献。小庙门外正对着一座淡褐色的山，传说中发出毒咒灭城的巫师就住在那座山上。

36

时光飞驰，但拉贾斯坦邦的要塞里仍是中世纪的城市，有迷宫般狭小曲折的街道，街边开放的下水道，木窗里面有烟火熏蒸，灯火昏暗的厨房，门楣上挂着一小串辟邪用的新鲜的绿辣椒和黄柠檬。庙宇里供奉着白色大理石雕刻的耆那神像，或者蓝色的印度神。在繁复的神像里总能找到步态妖娆的女神像，因为女人的美也是神给予的，用来安抚世界。

37

要是常常出门，就总有一天会明白，所谓旅行，不会是度假那样舒适，也不会是出差那样目的明确，旅行是去找寻想象的世界，验证想象的世界是否能与现实中的世界真的吻合。这是有点冒险的行为，其实将已经活在自己心中的世界交付给一个具体的陌生的远方很危险，要是面临的那个现实世界达不到心中世界的高度，也许就要与那地方永远绝交。开始旅行，其实有点像抬腿坐上玩轮盘赌的赌台一般。

旅行的经验渐渐多了，就会知道自家餐桌明亮的灯影外，原本没有一个等待你去探索和享受的十全十美的世界。

所谓“八月十五云遮月，正月十五雪打灯”这样的缺陷，实在是旅行的最好总结。但是，旅行之所以迷人，却是旅途中总会渐渐找到一条小径，通向你曾在地图和书本上，或者相片与传说中心向往之的那个世界。你不知道那一刻如何到来，但的确能够等到，只要你有足够的耐心和坚持。

38

在从焦特布尔到乌代布尔途中，再次听到强奸的新闻。在拉贾斯坦邦的短短十几天里，这是第二次听到当地人强奸游客的新闻。

在这样的阴影下来到乌代布尔老城里，这是个人声鼎沸的老城，穿着简单的游客裸露着雪白的胳膊和大腿，混迹在褐色瘦削的当地人中。穿着鲜艳纱丽的当地妇女在湖边拍打

着水中的衣物，有瘦小的印度女孩穿着肮脏的白色校服欢乐地笑着，混迹其间。这是印度女童失学最严重的地区，所以看到那些放了学兴高采烈的女孩子们，我总是为她们那正常的学童快乐而感动。

黄昏时分，走到老城旁边靠近河道之处的小巷前，看着僻静的小巷，女人们先后都停下了脚步。要塞门上的手印、花格窗和轿子，还有斋浦尔王妃1943年在拉贾斯坦邦建立的第一座女孩学校那粉红色的学校大门，都一起浮现在心头。

39

古老的米纳市场拥挤混乱，但充满豆蔻奶茶特有的印度香味。这种印度奶茶就像拉贾斯坦邦的一切，融会各种元素，看上去大肠杆菌一定超标，却异常美味，并令人难忘。

40

我在帕穆克的小说里知道了细密画，在一本《我的名字叫红》的长篇小说里。在拉贾斯坦邦旅行，才渐渐了解到，这种古老的阿拉伯技法，随着波斯的远去，伊朗的动荡渐渐式微。在土耳其则随着奥斯曼帝国消亡，土耳其的西化几乎断流。而在塔尔大沙漠两端的拉贾斯坦邦和巴基斯坦，细密画还活着。

这种古老的画种在拉贾斯坦邦分成七种不同的流派，以古老的细密画作坊的方式，师傅带着徒弟这样，保留了下来。

在金色城堡内濒临灭绝的古老市场的一间面朝小巷的店铺里，我用一枚放大镜细细看过一棵想象中的大树，这棵杏子大小的树画在一张雪梨大小的地方，树上画着3800片树叶。细密画师用的颜料仍旧是当地出产的植物汁水和矿石粉末，他用的细刷子仍旧用骆驼的眼睫毛制成，他仍将颜料放在贝壳中调色。那是一个在烈日炎炎的正午不可思议之处，从12世纪到现在，被人们的脚掌和鞋底磨得金灿灿的黄砂石地面，将白灼的阳光反射进幽暗的房间，照亮那些早已消失在时间中的古老的面容和姿势，以及在沙漠中想象出来的各种植物。

在那里我拜了一个师傅学细密画。和我少年时代在上海学画的经历一样，师傅并不说话，他就让我在旁边看着他画一只孔雀、一个女神和一头神象，这些都是细密画里最基础的形象，好像中国画里的梅、兰、竹。然后自己临摹。

我们席地而坐，背靠一块木板。如果坐累了，可以调节木板倾斜的角度，放松后背。

我的师傅即使画最细微的树叶和羽毛也不戴眼镜，他说细密画师自有一套特殊的瑜伽坐姿保护眼睛。

师傅送我一支用骆驼眼睫毛做的细刷子笔，它比毛笔更柔韧好掌握。我问他是否有人专门为此去拔丝绸古路上的骆驼的眼睫毛，师傅说，每到春天，骆驼在换毛时，自然就褪眼睫毛，所以，春天只要到骆驼歇脚的地方去找就行。

细密画如今和我们的中国画一样，面临时代更迭带来的创新难题。听说巴基斯坦的细密画学院致力于与现代的融合。可作为我这样一个想要用一个安静的下午细细画出一只古老的雄孔雀，来接近一种古老的文化和一个古老的地区，亦步亦趋地临摹就是最好的方式。

港口多游船，海滩平稳。有大风，桅杆咿呀摇曳。远处山头新修了金碧辉煌的热海城。《东京物语》里，老年夫妇被儿女遣到热海旅游。风景虽好，旅馆游客通宵麻将，非常吵闹。次日清晨，二人到海边，同色浴衣的背影，东山千荣子手执团扇一柄，呀，东京也看过了，热海也看过了，我们回家吧。

是啊，回家吧。

何月不照人

苏枕书

1

行人熙攘的修善寺，方寸之地，中庭开有红白二色梅花。一对新婚旅行的夫妇，男子黑长风衣，女人梅红织金和服，外罩银白竹叶纹长褂，脖上一圈质地松软的皮毛，温顺地跟在丈夫身旁，亦步亦趋，听寺里僧人讲解种种旧事。寺外流水红桥，山麓遍生丛竹，颇类岚山脚下的桂川、渡月桥与竹海，得小京都之称，亦无不可。而从京都来的我，若非此地曾是伊豆舞女歇脚之所，川端康成也曾在此留宿一晚，恐怕不愿长途跋涉，特来瞻望。

伊豆半岛在静冈县东部，东京以西。西岸是骏河湾，东岸为相模湾，曾属东海道的伊豆国，多火山与地震，全境温泉涌动，是著名的旅游胜地。但交通颇不便，只有东部沿海设铁道，西岸与中部全靠公交车。从京都乘东海道新干线，入静冈县内，一路都能看到富士山。那山似乎无甚出奇，很长时间过去，以新干线的速度，其余风景早已变幻千万，山仍在那里，显露洁白覆雪的巅峰，是各种画作里描绘无数遍的安详姿态。夜里要宿在东南海边的旅馆，从中部的修善寺过去，除了穿山的巴士之外，就只能先坐短途列车回到伊豆北端的三岛，再搭乘东岸的电车。相同道路反复行走略觉无趣，遂选定前者。

步行数公里，终于在山脚的水岸找到公交车站。四下无人，水声响亮。此地气温比本岛高出不少，虽才2月初，却如京都3月上旬的天气。四周浮满腊梅、水仙、梅花的清冷香气。

川端康成22岁那年的夏天，曾漫行伊豆半岛，宿在中部的汤岛温泉，邂逅行脚的少年舞女。“美丽的少年舞女如彗星，从修善寺到下田的一路风物，都如其拉长的尾光，在我记忆中熠熠生辉。”四年后检点篋衍，单取少女的篇章，乃成《伊豆的舞女》。“在我的作品中，再没有哪部如《伊豆的舞女》这样坦率。与舞女的相遇是必然还是偶然？我不知道。是偶然，也是必然。”文中羞涩善良的少年，被少女评作“是个好人”。同少女告别后，在船舱内止不住流下眼泪。事实上，川端的确为少女流过眼泪。回忆录中说：“在下田旅舍的窗前，在船中，想起被她说成好人的满足以及对她的好感，流下喜悦的泪水。如今回想，恍如一梦。那时候还太年轻。”这与数年后《雪国》中冷漠放浪的岛村完全不同。写《雪国》时，川端已结婚。他自小父母双亡，姐姐、祖父母随后亦相继故去。畸零人冷眼处世，终生不离孤儿本性，对妻子也一贯少有温情，宁愿常年旅居。汤岛温泉是他住过最久的旅馆，说那里是“我的第二故乡，想来无异于乡愁”。1972年，73岁的川端在神奈川逗子码头的公寓饮瓦斯自杀。其妻秀子直到2002年秋初方以95岁高龄辞世，一生沉默如故。

巴士从修善寺出发，翻越天城山岭，途经汤岛，终点在南部的河津。车来时，乘客寥寥。一路盘山而上，天光黯淡，幽谷深邃，极目重峦叠嶂，梯田种满山葵与茶树。

汤岛温泉那站过后，车内乘客只剩三名。过净莲泷，司机道，前面就是天城岭，记得《翻越天城》吗？石川小百合的名曲，“凌乱寝具，隐蔽之宿。净莲之瀑九十九折”，“想与你一起越过，天城岭”，“开口就是别离，好似满腹碎玻璃刺痛”，“好恨好恨，却难以自拔”。演歌的黄金时代早已远去，现今轻盈明亮的曲子，再无激烈刻骨的欲望。抱吉他弹唱的青春少女，讲太阳底下的轻愁浅恨，和过去华丽和服、艳妆出场、跻身黑道的大姐本属殊异之徒。

那年初夏，去中国台湾见她。坐雨天的缆车，身下绿海，开满洁白的油桐花，她俯身贪看，忽而流下眼泪。同车有中国台湾的女子轻声道，这就是五月雪呀，现在气候异常，开得好早耶。到山中茶楼，远望无尽翠屏，仍有眼泪。我煮茶，没有话。那油桐花很好，层叠落了一地，走过的人毫不顾惜。她说，不知为何心中难过。我也常这样问自己，当然没有答案。临窗看到山坡田野种着桃树、红薯、芋头以及很多陌生的南方植物。屋角一只蜘蛛，垂下长丝，又溜上

去，荡漾着。

我与她认识多年，尝试过许多称呼，姐妹，某君，某兄。后来一切省去，就如第一人称是不必要，二人如镜中观照，本就无法称呼。又如对坐盲棋，万物静止，言语多余。

在天城岭前一站下车，司机嘱咐万不可错过下一班车，即一小时后的末班车，否则荒郊野岭，信号不通，报警也难。前面就是《伊豆的舞女》中“通往南伊豆”的“阴暗的隧道”。山间道路蜿蜒，杉木高耸，枯藤缠绕，高天有鸦群与苍鹰。日本多废弃隧道，为开国初期发展铁路工业与垦荒的遗迹，尤以荒凉的北海道与经济滞后的东北地区为多。天城山旧隧道修成于1904年，作为打通伊豆南北的要道，一度十分兴旺。20世纪70年代在附近国道修成全新的行车隧道，旧地便完全成为旅游场所以及种种鬼怪传说的舞台。

2

半小时过后，仍未看见隧道。前后群山沉默，谷中流泉清冷。天色更苍茫，不免心中忐忑。但此时折回，也很不甘。头顶树梢一阵窸窣，两只松鼠飞快窜过。山路一转，石砌隧道就在眼前。前日无意听说此处的妖怪传说，当时一笑而过，无非车辆穿过后车窗印满手掌之类常见的套路。来到洞口，想起千寻穿过黑暗，抵达陌生世界，尚不觉恐怖。川端小说里，也是一笔带过，未见渲染。

而迈出第一步，双耳一静，凉意袭来。隧道内错落装有灯盏，幽光晦暗，只能照亮小块石壁。400余米外的出口异常遥远。又走几步，忍不住回头，入口仿佛也难以触及。冰凉的水滴从顶上滴滴答答渗落下来，地上有一摊一摊的水迹。一时不明白为什么非要辗转来到这里，并不是对川端的那篇小说有什么执着的兴趣，更不为探险。我很胆小，最不喜欢听神怪故事。小时候《聊斋》也不敢读，书要放得很远，战战兢兢翻几页，方便随时丢开。但我现在就在这里，穿越半个伊豆，来到腹地的高山。

刚念大学时，有一天在学校受了委屈，夜中负气，茫然走到几公里外的野山中。月光倾泻，满地银霜。山很高，是眼前唯一可望的目标，拼命往上爬。荆棘刺痛，完全不以为意。就这样到了山顶，学校在遥远处，灯火温馨，璀璨如水晶城。天河浩荡，江水静默。高速路穿山而过，车影如游鱼曳尾，十分可爱。风景看罢，才记得回顾己身。灌木茂密，乱石堆叠，可有凶兽、幽灵、恶人？立时发根直竖。天上修行的少年，随仙家看玉树瑶台，饮露餐风，不知生死与哀愁。因为无我即无烦恼。一旦意识到“我”，就有欲望喜悦，也有怀疑痛苦。胆战心惊安全下山，热闹市廛就在眼前，烧烤摊、水果铺，污水满地，男女调笑。我穿过人群，坐在路边，大吃一盘辛辣食物，歇口气，默默回到退去光华的凡俗水晶城。

许多时候，全无缘由，仿佛一走神的工夫，忽而惊觉自己在陌生境地。终于难耐惊恐，立刻返身，狂奔出洞口。万幸，没有遭遇传说中无法抵达的彼岸。凉风暮色，群鸟归巢，太平世界，全无异象，作怪的只是自己的一颗心。近百年前，川端急匆匆路过此地，要去追赶前方脚力甚健、忙于赶路的少女，哪里会有害怕，只是期待极了。那么，去看一眼那边的山色也好。

那年与她去花莲。台北出发的沿海列车，她握着我的手，唱了许多歌。一边是碧海，一边是青山，两边云气判然有别。一边洁白轻柔，一边缥缈深沉。田野有椰子、凤梨、香蕉。碧绿的稻田一块一块。我们像梦中的少年人，愉快又痛苦。到达花莲，潮湿闷热，烈日当头，没有莲花。

突然感冒，喷嚏不停，脚步虚浮。她不停地问我怎么了，要不要紧，去不去医院。在路边药店找药，仔细询问坐诊药剂师，阅读成分说明，百般犹豫才买了一种。我头昏脑涨，任她忙碌，听她嘱咐吃了药。她忧心忡忡，不停试我额头。像私奔途中忽出意外的那方，我十分抱歉。跟她走到空旷街中，空着嗓子说，这里好像我的家乡。空气像，植物像，空旷冷落的样子也像。

她点点头。我们的家乡距离甚远，相识是在北京。走错路，她不愿问人。最终无法，还是轻声询问路人。方向果然完全相反。她焦虑，羞惭，抱歉，不知所措。女人的交往，最常见是闺友，谈论饮食、妆饰、情爱。怕寂寞，一起打发。恨男人，同仇敌忾。可极靠近，也可狎昵私密。男人常笑女人斤斤计较，当面笑眯眯，私下多谤言，不比他们直接爽快，要么抡拳就上，要么两肋插刀，要么摔桌走人。而薄情与无知本与性别无关，女性发声机会素来太少，难有能力与资格为人两肋插刀。女人也不必妄自菲薄，急于用异性的价值观反省自身。卑劣可鄙不因性别，只因人心。而有位一起吃饭谈天、嬉笑玩乐的闺友已属难得。

我与她不在此列，因为难见面，来不及深入日常，即面临长久的分别。离开言语、文字的交流，我们的日常相处常常进退失据。世上感

情，异性或拟态异性的吸引相悦、阴阳相交，可牵手、拥抱、接吻，皆出自天然。因此情到浓时，可肉体交缠，消耗激情，回归理智。那么精神缺口如何填补？如果是两个缺口，又互相吸引，就像两面镜子，彼此关照，是无止境的黑洞。痛苦、快乐、纠缠、悲哀、疑惑，都是双倍。

她拉我在便利店买关东煮与水果，狼吞虎咽。药力起作用，感冒症状减轻，只是困倦。决定搭船去太平洋看海豚。海水在阳光下荡漾，船身颠簸起伏。尖叫，众人侧目。她问我天上一痕很淡的痕迹是什么，好像月亮。我说那正是月亮。出现得这样早，是因为上弦月在黄昏，人约黄昏后，讲的是上弦月。她要我拍一张月亮的照片。我拿着她的手机，海浪令我始终无法按下确定键。无边的海水，身旁的清蓝渐渐过渡成远方的深蓝，与天相接，不辨分界。码头、城市都已远去，没有行迹，所见只有海水。

她突然握紧我的手。好了，不拍了，你快坐下。

我们默默看那片月亮，太阳还在天上，光线晃眼。看到海豚，成群结队跃出海面。画面中常见的景象，当下触手可及，非常可爱，情不自禁赞叹。海风吹来，头脑一冷。那么大的海，它们悠游其间，我们哪是来乘船取乐，不过是来看天地多苍茫，肉身多渺小。海上宝光隽永的明月，教人战栗。

尽兴回岸，骑车漫游。华灯初上，满街机车飞驰。她骑得飞快，并敢于闯红灯。我心惊胆战，只有一路紧跟。漫长的坡道，天上不时有军用小型飞机呼啸而过，据说此地有空军基地。似乎已到郊外，灯光晦暗，车辆飞驰。翻过长坡，即是夜市。一家换一家吃，邻桌有女人跟两位女伴抱怨感情种种不顺。我看中国台湾，觉得眼熟，像大陆南方的城市。许多人说中国台湾近于日本，50年殖民，影响至深。而血脉、语

言、文字的力量何其强大，中国台湾到底不陌生。

夜市的食物不见得多美味，两人像玩累的少年，衬衫汗湿，耷拉着裙子，无谓地吹着昏热的晚风。归途买了半个西瓜、一袋莲雾、一串提子。穿过高架桥下，一条狭窄的长路。她又在前面飞快蹬车，机车迅速掠过身侧。只是拼命朝前骑，看不见所有。

曾有一次，北京暴雨，携一束百合去见她。告别时满城积水盈尺，没过膝盖，只有在路肩上走。她在前头，我紧跟在后，即如这夜。伞没有用，流水激荡，从身边浩浩而过。看着她的背影，很平静。花莲的夜晚，浮云散尽。升到中天的上弦月，不再如洇湿的珠泪，略大于半圆，尚未完满，却已十分清凉，几可形容作慈悲。长久仰望，二人轻声评论，说像银盘，像灯笼，像蒸鲈鱼的蒜瓣。

就是一条隧道而已，年久失修，因而晦暗。种种相遇，无须解释，只当路过，只当同行。洞口徘徊片刻，转又踏入。琥珀川告诫千寻，不要回头。不过当真回头，也是平常景象。我频频回顾，重复确认，倒还心安。水晶城是幻象，十八泥犁无非一切皆无。每一层地狱景象，只是用来威吓庸人。其实他们最怕的世界不在地狱，而在人间。心中动摇，恐惧之念即要增长，便默算已走的距离，大约过了一半，五分之三，三分之二。拱形出口越来越近，入口则如初时所见的出口一般逐渐缩小。常有艰难时刻，劝告自己，安慰自己，忍一忍就好了。若安全度过这段，下次一定如何补偿。而人的修复能力如何强大，记忆又如何脆弱。的确很快发现，那天大的事不过如此，达成之后的快乐也不值一提。天光骤亮，隧道结束，山路继续，还是同一世界。正是如此，以为天大的事，不越过不甘心，越过才知无有新天新地。然而非越过不可，才能相信，才能一笑而已。

距离末班车抵达只余十五分钟，远眺几眼，立刻转身。走出隧道，拔足狂奔。如果她在，或许比我奔得更快。坡道渐陡，步速加快，不由得张开双臂，看得到我吗？你说要去看虎丘的梅花，也看到了吗？开得可好？

巴士如约而至，车内空荡，窗外夜色渐起，新修隧道灯火通明。我已越过天城山，那歌里唱：流水潺潺，迷惘爱恋，阵风吹拂，天城隧道。好恨呀，好恨，实在难以自拔。

3

到河津已是夜里，此地临海，气候温暖。天城山中而来的河津川一路南下，汇入相模湾。近海的一段，两岸遍植樱树，2月初开两分，中旬即是浓分梅色，冉冉春青。数里长堤，观者如堵。夜色中不见花影。车站种有一排水仙，清香流溢。窗口竹篮盛有数枝樱花，一问，果是早开的河津樱，颜色比吉野樱稍浓，花朵更密。

过夜的旅舍在河津以北的热川，山道崎岖，旅馆林立，一眼大泉汩汩不息，热气蒸腾，缭绕不散，热川之名得来不虚。城内有热带植物园，各处种满香蕉与木瓜，一派南国风光。旅舍庭前两株大白梅，屋后腊梅，遍地水仙，樱花比河津开得更多。问女主人，海远吗？她手一指，笑说好近。不过这位远来的客人，还是先吃了晚饭，洗去仆仆风尘，再去看海吧。

故乡的海浑黄黯淡，而入海的长江极壮阔，确是潮来天地青，壮怀激烈，令凡人臣服，生宗教之思。沙滩多螃蜞、青蟹、文蛤等，虽难称丰富，却是从小驯熟的滋味，也很怀念。真正的碧海蓝天，别处才能看到。幼时乘船去青岛、蓬莱，父母一不留神，我就伏到栏杆边，还不知恐惧。但后来的多年，常有海的噩梦，坠落或者沉溺。

旅馆外下山的小路，隔一段就有海拔标记，提醒注意海啸。滚热的温泉口搭有小神社，可以煮鸡蛋。周围生满茂密的热带植物，水仙从中堆满漂亮的贝壳与海螺。酒馆暖帘招摇，门内似有笑语。群猫无声聚拢，盘踞道中各处，向冒昧的旅人投来平静的目光。能闻见海水潮湿的气息，灯下开着樱花。店铺陈旧，全是昭和风格，多半闭门。几家游戏厅开着，一群少年或青年在玩弹珠与投球。经营者全是老人，微笑旁观。见我张望，即出门招呼。我道，要去看海。老人笑，海呀，马上就能看到。果然，山道忽转，海岸突现在眼前。潮声雄浑，黢黑一片。缓慢靠近，看清岸边堆着的铁锚与水泥墩，还有粗圆的断木与不成形的朽板，或是去年台风的痕迹。

在花莲，说好次日一早去七星潭。半夜不舍得睡，新鲜又兴奋，躺下又起来，饮尽小瓶产自台南的米酒。凌晨，各家电视台不是闹哄哄的新闻，就是笃悠悠的佛法。觉得饿，相携去便利店。月已隐

去，有星光。路边开着台湾百合、栀子、九重葛，一墙金银花迎面而至，香气可掬。天慢慢亮了，原定时间一到，铃声大作。她在枕畔闭目轻语，我急忙关掉闹钟。如是者三，待她惺忪醒来，已近正午。她霍然而起，怪我如何不叫醒她，说好的海呢，说好的七星潭，还有太鲁阁呢？我不作声。谁都知道，怎么忍心唤醒？看不看海，都不重要。相守的一时安乐，千金不换。

夜里的海很陌生，像梦中光景，想靠近，又慑于其巨大的吸引力。白色海浪周而复始冲上沙滩，忽见一团黑影紧贴潮头，竟是一只黑猫。步履从容，似已熟谙海潮节奏，浪潮退下，便趋向海水略走两步。潮又涌来，则淡然退离，缓缓消失于茫茫夜色，教人怀疑方才所见是否为幻象。

枕着无边海潮睡下，想起那晚与她所见的好月，仿佛也照彻此夜。

4

暴雨声中醒来，女主人招呼吃早饭。新割的大束水仙，插在竹筒内。

台北的一晚，也是暴雨。赶不上回校的公交车，她只好宿在我的旅馆。两人紧挨在狭小木床上，整夜都担心她掉下去。

仍想看海。昨夜的猫在檐下躲雨。鱼店晾着一早的新收获，猫大概知道那不属分内，倒能克制自守。就像奈良的鹿，从不袭击卖鹿仙贝的主人，只会责难远来的游人如何这样不懂礼貌，居然空手而来。一只不满周岁的小黑猫，从花坛里湿漉漉地过来，绕身轻啼。我蹲下，它细细的前爪便搭上我的膝盖。抚它头顶，便温柔垂目，而我双手空空，只有爱抚。

波涛汹涌的岸边，一群青年练习冲浪。新手居多，大部分都在岸边练习划水，只有一人乘浪远去，消失在缥缈海天。雨势减弱，花香转浓。山上橘园果实累累，又落了满地，十分好看。一位老人手持几枝樱花，见我回顾，笑指某处，说那里园中樱花已开。我却只望见茫茫大雾。老人道，天气这样，也是无法。如果天晴，你现在就能看到，其实离得很近。要去看吗？我带你。

但已到了离开的时候，乘沿海线北上。海在极近处，天空黯淡，好像花莲回台北的那趟车。车内有旅客评论道，看喔，看喔，像不像从花莲去宜兰。不断有隧道，她不喜欢隧道，如永夜。更想看海、天空、云与山。年岁增长，许多东西都悄然离去。记忆力、敏锐的洞察力、透明的眼神、年轻的容颜、简单的愉快。有时费尽气力也不能想起一件似乎就在眼前的事，很痛苦，只好放弃，一点儿线索都没有，头脑一片空白。旅行无法改变生活，冷静与距离，并不比走到闹哄哄的某处、拍张

纪念照片高明许多。敢将出门看风景称作修行的，当真有几人怀济世之志，多不过是为自己。我们尝试多种与世界相处的方式，争取、放弃，努力、逃离，并无最合适的一种。这种真相，无须粉饰。

曾寄身北京南城一处小屋。那间狭窄的屋子，未敢邀她来，似乎是怕落入日常的窠臼，令如天上人一般珍护着的对方，看到俗世深处卑琐无趣的自己。偶尔见面，在巨大卖场，人头攒动。找不到想要的那件日用品，索性停了手推车，在角落回忆一支曲子，想到了，一起低声唱。来到食物专柜，买热量很高的点心，许多奶油，吃得欢喜。与她交代心愿与期望，渺茫卑微的，遥不可及之感。金色的黄昏，买完书才记得饿，一起吃饭。轻浮的茶房与我们调笑，不慎将热茶打翻她一身。走在外面，冷风刺骨。各自回到家里，收到她的短信，说已到家，换了衣服躺下，暖和起来，翻看白天买的书。我在小小的房子里，也躺着翻书。余温直抵今日，不曾削减。离开北京前终于请她来，煮了冬瓜排骨汤和红豆饭。窗帘没有拉开，光线混沌。一切尚未开始，但都听到模糊的鼓动之音。分别后的冬季，对照观星手册看夜空，辨认星座。在教学楼窗口引颈仰视，碧空无际，越来越多的星光落入眼底。

雨止，停车看海。踏过铁索吊桥，来到4000年前火山喷发堆积而成的礁石畔。暴雨后的深蓝大海，浓郁雾气，看不清天与海的界线。鸥鸟与苍鹰盘旋雾海，身形忽隐忽现。趋近悬崖，拍岸惊涛充耳轰鸣，确然碎裂千堆雪。锁国时代的日本，倾心大陆的儒家教化，以此规范君臣

父子的秩序，构想宇内太平的盛世。而浮海中的岛国总难避免与外界交通，明清私人贸易的商船从未停止，大陆的出版物、书画经商人之手，辗转来到京洛地区文人雅士手中，受其珍视与赏玩。大航海时代的葡萄牙人早给日本带去了火器与宗教。即便有后来残酷的禁教令，荷兰人的医术与学问还是经由长崎的出岛传至求知者的书斋。19世纪后半叶，美国的黑船舰队惊醒锁国之梦，伊豆最南端的下田成为日本最早开放的港口。被黑船震惊的人们，面对大海，或愚昧，或惊悚，或战栗，或焦虑，或疯狂，或探求，经历磨炼拣选，即有开时代之风气者，以惊人锐气面对未知世界。幕末时，伊豆东部设立四门海防大炮，填充炮膛的是本地盛产的硫黄樟脑。随后大炮移往下田，此地空余遗迹。从悬崖向下望去，海潮冲上礁石，洁白壮美。如此往复，永看不厌。

是夜留宿热海，仍旧遍地旅馆。晚上还是到海边散步。港口多游船，海滩平稳。有大风，桅杆咿呀摇曳。远处山头新修了金碧辉煌的热海城。《东京物语》里，老年夫妇被儿女遣到热海旅游。风景虽好，但旅馆游客通宵麻将，非常吵闹。次日清晨，二人到海边，同色浴衣的背影，东山千荣子手执团扇一柄，呀，东京也看过了，热海也看过了，我们回家吧。

是啊，回家吧。

那日从油桐花的山谷回到台北市中心。她突然起身说，我不认识你。大步离开。前夜我们才在暴雨声中紧紧揽着唯一的彼此。这一刻她已迅速消失在繁华街头。我茫然四顾，不知置身何处。很久过去，收到她的短信：你是谁呢？虽然不认识你，但今晚月亮真好。

对她是爱情吗？不，绝非如此。独占、索取、计较、奉献、欲望，这些爱情专有的属性，都被排除在外。曾经说定，你走过的路，即是我走过的。你看到的，即是我看到的。朝山巡礼的途中，即便独行，也如弘法大师所言，是“二人同行”。与她的共处其实十分短暂，对彼此而言，自己都是“日常之我”，而对方则是“本来之我”，若即若离，永难舍弃。

突然明白，她只是想重新假设一番，看是不是真的。看旅途中的倾情与放纵，是不是真的。如果重新开始，如果友谊最早始于琐碎的日常，我们会不会仍然选择彼此，到如此不可分割之境。

不过自我来到狭窄阳台的那一刻起，仰望逼仄长巷顶上一弯大雨洗涤后的皎洁新月，即知这个假设的答案已经有了。庭下如积水空明，水中藻荇交横，盖松柏影也。何夜无月，何处无松柏，但少闲人如我二人也。

2014年2月7日，周五，滋贺雪晴，光明满室。

2011
TERRORISTA A CHI ?
KRSKO >>
LJUBLJANA
SABATO
16 APRILE
BOLOGNA
H 15:00
CORTEO
DIRITTI – DIGNITA' – LIBERTA'
CONTRO LA SANATORIA TRUFFA
SCENDIAMO DI NUOVO IN STRADA
SABATO 25 GIUGNO
dalle ORE 18.00
FINO A SERA
in PIAZZA SANT'ANTONIO
PRESIDIO CON MUSICA, INTERVENTI, BANCHETTI, SOCIALITA'
COMITATO FERMIAMOILNUCLEARE
CAROVANA
NO NUKE
E PER I BENI COMUNI
TRIESTE >>
KRSKO >>
LJUBLJANA
28 MAGGIO
NO NUCLEARE
NO NUKE
28 MAGGIO - 10.30
P.ZZA OBERDAN
: REAZIONE A CATENA :
CIRCONDIAMO LA REGIONE
la scelta del futuro è una questione di democrazia, non di burocrazia

il nucleare
NUKE
LJUBLJANA
28 MAGGIO
p.zza Oberdan:
circondiamo
APPUNTAMENTI
FESTA NO-
una pianta o un fiore
della tua auto
FERMIAMOILNUCLEARE · TRIESTE
PRESENTS

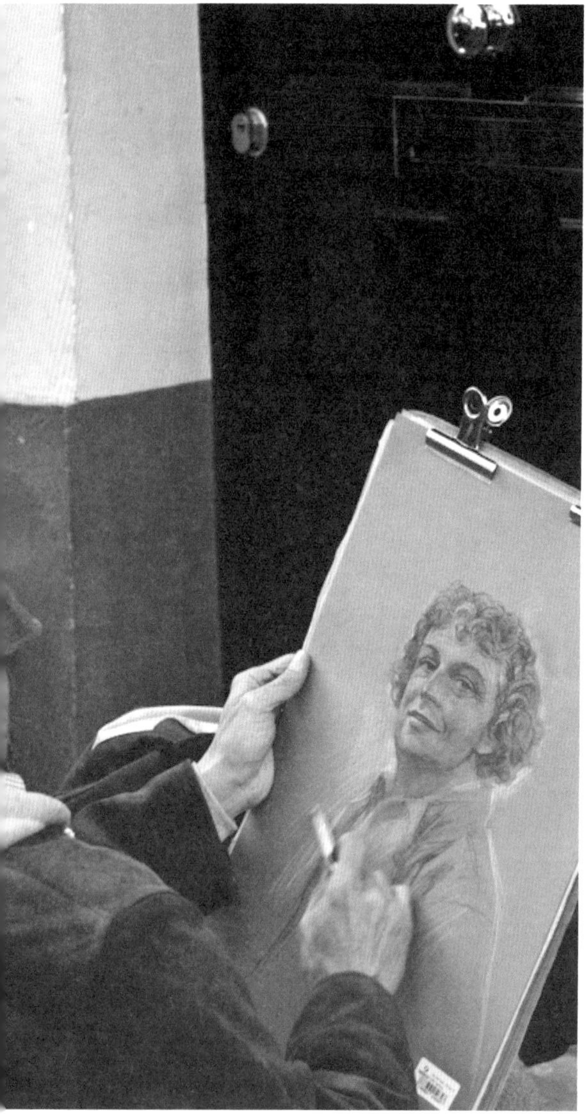

断章七则

木遥

一年就这样过去了，青春一共才几年啊！

我要借此证明我仍然在热切地用心生活，而非坐视它陷于一成不变的虚无。在那漫长的没有终点的旅途中，在那些不期而遇的动人时刻，在华丽的风景定格于脑海的一刹那，我得以让自己相信所有努力和坚持自有其沉默的意义，而我仍然有能力让自己的生活变得更好。

秋兴

1

一人开车的次数多了，渐渐就能发现，陪伴自己最好的伙伴，不是CD，当然更不是喃喃自语，而是广播。无论在怎样的乡间野外，只要还有人烟，就至少会有一些当地的电台播送新闻或者体育赛况，还有宗教传道。和音乐相比，能听到人在耳边说话，哪怕说的是你毫无兴趣的内容，感觉也要好得多。

我以前都没发现自己是这么害怕寂寞的一个人。

宗教节目其实也很好听，这是我在开车从加州到明州的路上发现的。传道，无论是何种形式和主题，总是要抚慰人心才会有效，所以无论自己是否虔诚，听起来总是觉得声声入耳、娓娓动人。上帝爱世人，不会抛弃他的孩子。我虽然不爱他，但是也总会觉得高兴一点儿。

无论是明尼苏达州、威斯康星州，还是密歇根半岛，都是大片大片只有森林湖泊而没有城市的土地。虽然总是比犹他州和内华达州的戈壁滩要好，但是还是让人觉得清冷逼人。即便有小城镇点缀其间，也仿若世外桃源，安逸而没有声息。开车经过的时候像是穿过另一个世界，一切生活的意义都消失了，只有时间还在流逝。

在威斯康星州北部的佛兰波湖有一个印第安人开设的赌场，我中途停在那里吃午饭的时候，看到满场赌客都是银发，连一个中年人也看不到。这些住在或近或远广袤土地上的老头儿老太太们只能驱车来到老虎机前安静坦然地消磨自己最后的生命，不知道应该让人觉得羡慕，还是恻然。

2

Leaf peeping（窥叶节）这个词我是从电视剧上学来的，并不太当回事，可是既然听说湖区是赏秋的好地方，不抓紧机会又似乎可惜。不出意外的话，我在这里至多也只会经历两个秋天。

也正是因为不太当回事，所以直到出发的当天，行程都还没有确定下来，甚至连是不是真的要出门都不能决定。等到开车上了路，又觉得可以在城市郊区绕一圈就回家。直到浑浑噩噩开出了州界，琢磨了半天，才下定决心想好最终的路线。

最终去的地方是我此前完全不熟悉的苏必利尔湖畔的基维诺半岛。在此之前，我连苏必利尔湖和密歇根州的关系都没有搞清楚过。一边开车，一边看地图，一边学习地理，倒是极其有效率。

一路景色当然很好，但是因为出发的时候已经是正午，要想入夜前赶到住处，就只能马不停蹄地赶路。最后两个小时林间的窄路完全是在夜色里完成的，凭着多次在山里开夜车的经验，倒也一点儿不慌张，只是难免又想起种种往事，而身边的座位却空了。

但是意外之所以是意外，就在于它会在无从预料的时刻发生。开了七八个小时的车，到达目的地的时候已经是深夜，按照经验，这种荒山野岭的汽车旅馆在夜里是不会有前台的，但是会把我预订的房间分配好，把钥匙放在合适的地方让我可以自行入住。这一次也不例外，在门上有一张纸条告诉我房间是哪一间，门是开着的，钥匙就在房间里。

然后我找到房间，发现门是锁着的。

这里是气温已经接近0℃的野外，而且完全没有手机信号。又去周围看了几家旅店，全部客满。去离这里最近的城市开车要1小时，而我已经累得只想睡觉，何况也不知道那边还有没有旅店有空房间。

手足无措地转悠了一阵，开始厚着脸皮到处问人，终于设法问到了汽车旅馆老板的住址，在这个只有几条街道的镇子里倒是很好找。找到了老板家又很是折腾了一番——很显然老板并不明白发生了什么事——最后才把自己安顿了下来。

生活的意义，就在于驱车8小时让自己来到这个与世隔绝的湖畔旅店里来让自己的人生又一次完整吗？

3

这个周末似乎还不算红叶的最佳观赏期，“玉露凋伤枫树林”的景色并不多见，倒是很多树林绿色、黄色、红色掺杂在一起，斑斓而有生气了许多。

很难不让自己联想起去年德国国王湖畔的秋色，差不多整整一年了啊。

国王湖的那一日刻骨铭心，也许我一辈子都忘不了。而那里的湖光山色之美也始终历历在目，几乎是我生平所仅见。我曾经独自一人站在国王湖边，对着空旷的湖山，沉默地听着自己心里一字一句的声音。而当我在苏必利尔湖边的黎明中等待日出的时候，在万籁俱寂的熹微晨光里，只觉得一切都像是个似曾相识的轮回，连心里的声音也没怎么变过。

一年就这样过去了，青春一共才几年啊！

湖区的冬天大多来得早，10月可能就要开始下雪了。秋色盛极而衰的时候，就是漫长冬天来临的先声。大雪很快就要笼罩这片土地，

不知道下一次这样驱车纵横近千里，会是什么时候、什么心境下的事情了。

我只希望不要再来一次这样的轮回了。秋色虽美，可是那之后的冬天也太难熬了。

片刻哈瓦那

1

在哈瓦那的第一个夜里风雨大作，我住的是一家平房民宿，雨水浇得屋顶窗户像打雷一样响。我本来已经快要睡着了，又被这声音惊醒，一下子觉得一切都不真实了起来。

初访一个陌生的城市，如果是夜里到达，总会有这种惘然不知身在何处的感觉。如果是雨夜，就更是如此。出租车在湿润的夜色里把我放在枝叶扶疏的深巷路边，民宿的主人又只会讲西班牙语，比手画脚才安顿了下来。直到躺在了床上，心里还是惶惶然安定不了，仿佛身处一团浓黑的迷雾之中。这不是我第一次一个人来语言不通的异国旅行，却一定是最茫然无措的一次。

说来都怪自己托大。我事先虽然也做过功课，但是自恃旅行经验丰富，便和往常一样只安排好了头两天的行程，接下来原打算随机应变就好，结果身临其境才意识到所有这些所谓的经验在古巴都毫无用武之地。没有网络，几乎没有电话（包括公用电话），没有信用卡，绝大多数居民都不会讲英语，这些事情加起来的结果是，我就像一个骤然目盲的人，寸步难行，几乎是彻底隔绝了和外界的一切联系，信息来源就只剩下了iPad里的一本《孤独星球》而已。

幸好还有Ana和Pepe。这是一对会说英语的老夫妇，经营着一家在古巴颇为有名的民宿。我本来是想投宿在他们家的，可惜已经客满，后来住的这家也是他们介绍的。在古巴，这对素未谋面的夫妇是我仅有的求助对象了。

即便如此，困难还是比想象的要严峻得多。我本来打算在哈瓦那只待两天，然后就去别的城市，在车站买票时却被告知由于正值旅游高峰，所有去外地的车票都已售罄，而就算能设法离开哈瓦那，能不能买到回来的车票也还是未知数。顺便说一句，古巴的长途交通是我生平所见最简陋的，所有的车票都只能在首发站购买，由售票员在一张手裁的空白纸条上写下姓名、车次，就算是“票”了。而留在哈瓦那的话，所有的旅馆（一共也没几家）又同样因为旅游旺季而客满。雪上加霜的是我对古巴的物价水平没有准备，携带的现金似乎不够。古巴不比别国，现金用完了就是用完了，一丝转圜的余地都没有。一时间，我差不多是进退维谷了。

夜里醒了好几次，旋即又睡去，心里总是不踏实。20年前那些孤身去中国的西方旅行者是怎么搞定的？我想来想去，没有答案。

2

哈瓦那老城有一种难以言喻的混乱的市井气。雕梁画栋、精细绚烂的殖民风格建筑和破败粗陋得近乎肮脏的店铺民居，毫无规律地交织在一起，构成一幅绝无仅有的生动画卷。拿来一个18世纪的西班牙殖民小镇、一个19世纪的拉丁都市和一个20世纪的社会主义贫民窟，一股脑儿地倾倒在一起，用搅拌机一搅，这便是哈瓦那了。

不知道是不在乎，还是无能为力，这座城市好像是在放任自流地衰败着。哈瓦那最重要也最宏伟的地标建筑旧国会大楼隔壁就是一幢看起来随时要倒掉的三层破居民楼，这在别处大约很难想象。在古巴这种不同类型、不同年代的建筑处处都比邻杂糅在一起，唯一的相同点大概是它们统统颜色鲜明又老旧不堪。我走在哈瓦那老城的街头，常常忍不住琢磨，会不会有一天，所有这些建筑就都“哗啦”一声倒在一团色彩模糊的尘埃里了。

但是就在这废墟一般的街道上，到处是音乐和兴高采烈的年轻人。我在街道上闲逛的时候，动不动就能遇到小伙子和姑娘冲我热情地打招呼，倒也未必有什么事情，大概就是单纯地觉得亚洲面孔很是新鲜。我不知道这是不是就是所谓的拉丁性格，但它确实令人印象深刻。

这种破败和狂欢的奇特结合造就了独特的哈瓦那。卡斯特罗的宣传画固然有，但并不多到引人瞩目的程度，格瓦拉的头像倒是到处都是，我甚至注意到我乘坐过的一辆黑出租车的仪表盘上嵌着一枚古美友好的

徽章。

在哈瓦那最重要的滨海景观大道路边，鳞次栉比地排列着一幢幢行将倾颓的斑驳矮楼。夕阳西下的时候，柔和的阳光在街面上抹出金黄的亮色，像一幅后现代的图画。

3

古巴实行的是双轨经济，国外旅行者只能使用外汇券，物价和美国的大城市相仿，比本地居民的物价要高几十倍。当然本地居民的收入也低上许多。这种体系的结果就是国家被醒目地划分成两个阶层，在哈瓦那市中心一家饭店一日的标准间房费，可能是它隔壁商店售货员一年的工资。我不晓得这种悬殊的差距怎么能够稳定存在，但是它显而易见的后果是，在这里每一个外国旅行者都被看作摇钱树。

这种感觉总是不愉快的。

我在老城中心的街头还没有闲逛多久，一个小伙子就跑了过来。闲聊之余的大意是他可以带我游览整个哈瓦那。我自然是婉言谢绝，但是请他带我走到最近的银行去。他问我能不能帮他买两袋奶

粉，他买不起。我想了想，答应了。

他带着我走进一家卖奶制品的国营商店，我四周张望了一下，昏暗的灯光下一个售货员无精打采地站在几乎空空如也的柜台前。出乎我意料的是奶粉的价格却一点儿也不便宜，我心里苦笑了一下。

接下来的事情就有点儿恶劣了。我和他在街边告别的时候，他掏出一张50元的钞票，问我能不能帮他破开。见我迟疑，他连忙解释说这钞票保证是真的，又指给我看各种防伪标记。我没说什么，心里想，我要不要告诉他这个用当地钞票冒充外汇券（这两者外观相似，面值却相差25倍）的办法我已经在《孤独星球》上读到过了呢？

时差整整相差12小时的如此不同的两个国家所分享的这些细节，让人实在不能不心生叹息。

这该归咎于谁呢？

4

没有网络，一切就只能回归到最基本的人际交往技巧。耐心、胆量，加上一丁点儿随机应变，还有Ana和Pepe的帮忙，到底也让我的古巴之旅有惊无险地结束了。说实话，在出境的时候还是有一点儿回到文明世界的喜悦的。

但古巴到底也在我的记忆里留下了一帧帧难以磨灭的剪影。嘈杂酒吧里的冰镇果汁朗姆酒、午夜还有音乐此起彼伏的教堂广场、阳光下色彩细腻变化的海洋、山谷里绵延无尽的椰子林、黎明时在车站门口等着别人退票的长长队伍、在街道中央摆一个球网架就开始踢球的孩子们，还有老城街道上踩着高跷热舞的姑娘们。

而印象最深刻的一刻，却是在一个傍晚我独自吃完晚饭，看着街道上的路灯在窗棂上投下一抹紫色。那家饭店里几乎空无一人，只有音乐声若有若无地飘荡着。饭店外是一条典型的哈瓦那街道，墙壁上花饰繁复、色彩迷离，但终究被时光摧残得晦暗苍老，在安静的夜色里像一个朦胧的梦境一般。

只可惜有些时刻是无法用相机记录下来的。

风城一日

1

如果有人在长途车或者飞机上碰到身边有婴儿持续不断地号哭，一定知道那是非常折磨人的事。我曾经在飞机上遇到过一次，备受煎熬。我想那孩子的父母又要哄孩子，又要尴尬地面对周遭乘客令人如芒在背的目光，一定更是苦不堪言。

在去芝加哥的夜车上我又一次碰到了这种情况，一个婴儿持续不断哭了两小时，让夜色里奔驰在高速路上的巴士车厢里的气氛显得颇有些诡谲。但是这一次我并没觉得有多么难受，事实上，我甚至觉得那哭声令人放松。这多少有些令人难以置信，但彼时的感受正是如此。

在那一刻我正面对生活中一桩难以接受的事。虽然要启程赴芝加哥办事，不能不从容准备，但是心里来回闪过的却是《胡笳十八拍》里的唱词：“十有三拍兮，弦急调悲。肝肠搅刺兮，人莫我知。”要不是耳边撕心裂肺的婴儿啼哭，我就只能在安静的夜里看着车窗外，独自承受那份不可逃避的冲击。哭声入耳之后，奇迹一般，我觉得自己放松了下来。

这恐怕是没有经历过的人不太能想象到的体验。它有点儿像是某些时候我听恰空或者大赋格时的感受，随着弦乐凌厉地展开，自己心里的痛苦也仿佛被一点点冲散疏解开来，就像是有人在替我哭泣一样，虽然那只是个素不相识的孩子。

半夜过后，孩子哭累了，总算安静了下来。车厢里的人都睡了，只有我还醒着。窗外一点点现出晨曦，威斯康星州的平原和森林像画卷一样在地平面上展开。天色渐渐亮起来，虽然还看不到太阳，但是云彩已经开始染上了光亮。公路上的车渐渐多了起来，村庄开始苏醒，天空显得极宽阔高远，颜色从绛蓝一路细腻地变成粉红，而大部分是轻柔的金黄色，美得令人要屏住呼吸。

那是极为壮丽的黎明。

2

我不是第一次来芝加哥，却是第一次办完事还有时间去芝加哥美术馆闲逛。这是座极好的博物馆，亚洲和19世纪欧洲的收藏都令人炫目，好些作品我都没想到会在这里遇到，喜出望外。

但是大多数时间我都停留在佛像馆里。这并非有意为之，我此前也从无欣赏佛像的兴趣。但是在那一刻，我发觉自己有足够的耐心把它们一件一件仔细地看，几乎不想离开。那些佛像有些来自南亚，有些来自印度支那，当然还有来自中国和日本的。来源不同，风格当然也相差极大。佛像的面目有的低眉，有的怒目，有的漠然，但是无一例外都精致得令人注目良久，而且感觉不到时间的流逝。

我当然不信佛，但是那一刻我几乎觉得感动。我看到有那么多无名的亚洲工匠曾经在不同的时代和地点把他们朴素而鲜活的感情倾注成造像，而更多的人曾经寓目于此，静默地吐露自己的心声。生、老、病、死、怨憎会、求不得、爱别离、五取蕴，我经历过的事无数人也经历过，我恐惧过的事无数人也恐惧过。那些沉静凝固的佛像面目背后，寄托了多少尖锐炽热的感情啊。

“此刻有谁在世上某处哭，无缘无故地在世上哭，在哭我。”一念及此，虽然痛苦不会减轻，但总是安慰得多了。

3

村上春树在接受加泰罗尼亚国际奖的演说中说：

> 日语里有句话叫无常。它的意思是，一直持续的状态并不等于唯一的常态。生活在这个世上的万物总有一天都会消逝，所有的事物将马不停蹄地持续变换。没有永远的安定，也没有不变不灭的事物能让人依赖。这是从佛教起源的世界观。日本的“无常”这个想法，虽跟原来的宗教脉络有些许差异，但深植在我们心中。从古代开始就几乎不见改变地被传承下来，成为民族的精神结构。

“所有事物终究都会消逝”这个观点，换句话说就是消极的世界观，人类再怎么抵抗大自然的潮流都是无用的。但日本人反而在那消极之中，积极地找出了美学。

说到日本的自然，我们在春天时迎接樱花盛开，夏天观看萤火虫，到了秋天可欣赏红叶，这些观赏自然的行为，可说是具有集团式、习惯性的，人们明知道自己在重复同样的事，却还是热心地去参与。赏樱名所、赏萤名所、赏枫名所，每到季节来临就会拥挤不堪，连旅馆都很难预约。

为什么呢?

因为不管是樱或萤或枫，都会在极短的时间内失去它的美丽。我们为了目睹那一瞬的光彩，路途再远也愿意前往。那里存在的不只是纯粹的美丽，人们亲眼确认它们失去小小的光芒，看到鲜艳的色彩在眼前凋零，会不自觉地松一口气。当人们目睹一场美丽的盛宴消逝时，反而能找到安心感。

在我从芝加哥回家的路上下起了暴雨，雷电把半个夜空都照得透亮。巴士在水幕里艰难地行驶着，仿佛一条随时都要被冲走的小船一样。

在那一瞬间，不知道为什么，我忽然觉得不那么难过了似的。

4

“生活中的美好事物永存不移。”

这是我深爱的一句巴宝莉的著名广告词。它温暖、坚定、乐观，让人忍不住相信它是真的——我一度确实以为它是真的。

这很奇怪，因为我毫无疑问应当懂得，这只是一种动人而有害的幻觉而已。生命中的美好事物永远都转瞬即逝，一旦不懂得珍惜而任凭它擦肩而过，就再也不会留下任何踪影。

每次我走出机场的时候，都会想起有一次我在机场等某个人，在漫长的等待中我观察身边的每一张脸庞，不同肤色，不同年龄，不同神情，活像是人生百态的集中陈列。每一张面容都让人觉得人生是一段漫长无趣的旅程，但是一旦我所期待的那一张清丽甜美的面容出现在视野里，所有这样的念头就都一扫而空了。那一刻我觉得我的人生真是与众不同的幸福。

我以为它会永存不移，它没有。

芝加哥市中心有一种宜人的匀称感，它既不像曼哈顿一样咄咄逼人，又不像洛杉矶一样慵懒而茫然。我得承认，密歇根湖多少令人有些失望，但是除此之外，芝加哥的风情、比例和韵律都恰到好处，让人觉得颇为心旷神怡。当夕阳从街道之间缓缓沉落的时候，会有一种整座城市陷入寂静的错觉，那是令人难忘的一刻。

我从未来过这里，也从未认真设想过以后会不会有可能生活于此。但是芝加哥提醒了我，即使在美国，也还有太多我所未曾涉足的角落、生活方式以及性格各异的人群。我已经陷于对洛杉矶的某种迷恋太长时间了，需要做出某种改变了。

我以为芝加哥能让我短暂地忘记过去，它没有。

好吧，事实证明，旅行不会抚平过去的回忆，而只会唤醒它。每次我走进一家新的旅店，或者走上陌生的街头，每当我看到某个动人的画面，或者经历某个温暖的时刻，我都会想起它们本来应当和我生命中的其他一些幸福融为一体。而事实是，它们分崩离析，彼此触痛，彼此证明对方有多么脆弱。生活中的美好事物来去匆匆，一旦错过，就是永远地错过。

当我坐在芝加哥的机场里看着落地窗外金色饱满的黄昏映衬着候机室里步履匆忙的行人时，我知道我是在注视着生活里又一幕令人动容的场景。我希望我能让它暂停，可是毫无意外地，它和我生命里其余那些温情脉脉的时刻一样，迅速地消逝了。

失其所者

1

当我坐巴士从陆路进入加拿大境内的时候，我对温哥华还完全没有概念，出发之前我甚至连地图也没怎么看过，这很大程度上说明了我对于旅行这件事越来越漫不经心的态度。既然只是自己一个人，那事先做功课不但不是一种乐趣，反而是一种情绪上严重的负担。就像生活里几乎所有别的有趣的事一样。

来温哥华的目的是开会。参加过大规模学术会议的人都晓得，开会名义上的目的是做报告和听报告，实质上是社交。不幸的是，对这两者我都缺乏足够的热情。大多数人做的研究和我的研究都没有交集，而且由于这个会议的规模太大，这种状况就更为严重。虽然参会者有几千人，但是随便碰到一个人和我在学术上有共同话题的概率，基本上是趋于零的。

不过这件事情更本质的原因似乎在于应用数学这门专业的特殊性。由于它的研究基金和合作方向大多来自其他技术领域（如医药工程或者能源材料），它非常容易沦为“数学的应用”，也就是把已有的数学工具作用在别的学科上。这对科学技术发展是有意义的事，对年轻的应用数学工作者来说却是一种极大的浪费，因为它几乎不能带来数学上的锻炼，只会诱使他不断周旋在各个别的专业的细节问题里，让自己的简历被分割为一系列彼此没有本质联系的项目的组合，并且他的工作对别的应用数学家来说几乎没有借鉴意义。我曾经试着在自己身上和这个趋势做斗争，但并不是特别成功。在这次会议里，我发觉它似乎是个颇为普遍的问题。

当然，这也很可能只是因为我正处于自己心理上的转型期，而所有这些议论都只是为了合理化自己的心理倾向而找到的借口罢了。

无论如何，大多数时间里我发现我只是在会场里游荡而已。会场极为漂亮，一边是报告厅，一边是玻璃幕墙外的汪洋大海，阳光洒在海面，点点波光就映在自己的身上。在这样的环境里讨论数学，想象中应当是很惬意的事。

但是这只是想象而已，它并没有真的发生过。

2

开会中我逃出去了半天，去城外的一个森林公园。整个旅行巴士上都是逃会的数学家们，奇怪的是，他们看起来一点儿也不像数学家，而和任何别处的旅游者别无二致，当然这可能毫不值得奇怪。

于是整个旅途我都被大嗓门儿包围着，可能是关于周围景致不厌巨细的评论，也可能是纯粹的私事，时而热情洋溢，时而咬牙切齿，但总带着一派生机勃勃的热情，这让我多少有点儿羡慕。

每次处于这种境地，我都会陷入某种矛盾的心理。一方面，我确实不认为这些对话有任何意义，并且真心希望我能暂时忽然听不懂他们在说什么；另一方面，我总是在问自己，这种也许在很多人看来纯粹是小知识分子的孤傲态度，难道不就是我生活里一系列痛苦的本质根源吗？

在旅程中的某一刻，其中一位女士对领队非常不满，认为他没有尽到导游的责任，从而使自己和家人比别人少看了一处风景（似乎是没看

到一棵有名堂的树）。这则抱怨很快升级成一群人夹杂着中英文的同仇敌忾的声讨。我强迫自己把注意力放在别处。这并不难，因为我像大多数时候一样，心里只是在想和这一切都完全无关的另一个人而已。

可是我很快想到，我曾经（到今天也是）对这种生活如此恐惧和排斥，以致我不惜逃离了比它要好得多的东西。这是正确的吗？是不是有一天，我发现自己也会心安理得地变成这个样子？

很快他们的话题就转到了别的方面，物价、孩子等。方才义愤填膺的气氛似乎霎时间烟消云散了。

反倒是我还在想着它。无论如何，我想无论我觉得它多荒谬，事实上快乐的是他们，而不是我。

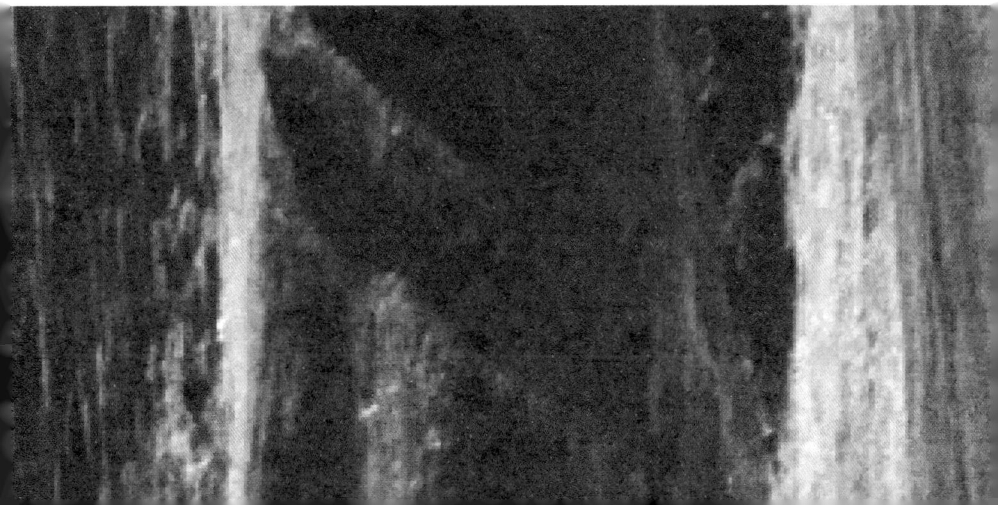

3

温哥华是个相当漂亮的城市，远远超出我的想象。在海、绿地和阳光的作用下，它显得既悠闲清新，又生机勃勃。它市中心的天际线的很大一部分是由住宅楼构成的，但是不但不显得枯燥呆板，反而格外有生活韵味。它并不大，也没有足够丰富的文化活动，但它仍然是我去过的城市里最让我觉得适于居住的一个。

这当然不是说我在这里的一周有多开心，有好几次我都觉得自己似乎又要跌进自己已经不能完全掌控的深渊里。即使是面对着精致舒展的海湾，我也一次又一次地陷入几乎无法呼吸的境地，然后很勉强地才爬了出来。以这样的方式来度过自己的旅行，这是多失败的人生啊。

我不知道这一切会怎么发展下去，我对接下来的旅程也基本上因此全无期待，正如一个牙痛的人很难期待美食一样。不知道从什么时候开始，旅行对我来说变成了一种义务，用以向外界表明我还在努力前行。但是我并不知道这外界究竟包含些什么，也许其实根本就没有任何人在意也说不定。

这一切究竟有什么意义呢？

温哥华的水域纵横交错，随便从哪条街道看

去，都能看到一重又一重的山水和都市交相辉映。走在街上的时候我反复想起以前在未名论坛上littlesen写未名湖的一首诗，拿来给温哥华也很合适，但是时隔太久，我只能记得最后两联了。后来在未名上翻了很久才找到了全文，题目是《无题》。

无题

曲曲池边路，春来少人行。
含水芙蓉叶，春去气犹清。
夕岚分彩翠，高树藏莺声。
乍向风中看，花落更分明。
徘徊觉露冷，清宵月影横。
泠泠砭肌发，疑是晓寒生。
一望可相见，一步如重城。
所爱隔山海，山海不可平。

南国

“我不想再一个人出游了。”我在电话里跟朋友说。

说这话的时候，我正躺在两棵棕榈树之间的吊床上轻轻地荡来荡去，身下是细白的沙滩，左右尽是裹着毛巾晒日光浴的男男女女，棕榈叶在头顶被海风吹得摇曳不止。那时正是夕阳将要落山的时候，树影间一片温煦的金黄。海潮声混着鸟鸣回荡在耳边，连电话的另一侧都听得到。

虽然比不上夏威夷，但是对从极北苦寒之地逃出来的我来说，波多黎各已经不啻人间仙境了。

“我也觉得撺掇你出来玩是个错误。”朋友首肯道。

当然这听起来只是矫情而已。但是只有经历过的人才会懂得，那种独处时啮心噬骨几欲自戕的心情是怎么一回事。人在旅途中的感官会比平日敏锐得多，举目所及，样样都似曾相识，仿佛提醒自己把所有的伤心事再重温一遍。我几乎要被压垮了。

“我总是在和过去做斗争，而不是向着未来去看。未来再艰苦，总可以去努力，去奋斗。过去的事情已经发生了，我再怎么撞得头破血流也改变不了它，而我就这么一遍一遍地撞上去了。”我说。

说的时候倒是心平气和，像是在说别人的事情一样。要理智起来一点儿也不难，只要把自己当作他人就好，自嘲也可以，自喻也可以，可惜都没有用。面对感情，理智几乎总是束手无策的。

“我觉得你这是典型的创伤后综合征。”朋友评论道。

我也觉得。这是在让自己一遍遍经历相同的创伤，以至于它显得历久弥新。在阿尔卑斯山顶，在圣保罗大教堂的圣像前，在地中海边，在热带雨林深处，那些一模一样的回忆和痛苦纷至沓来，我也一模一样地无可抵御。我见过这么多这么美的世界，而我却把时间都用来伤感，这是多么浪费的一件事。

“我知道我该多珍惜现实。要说我得到了什么教训，其实不外乎就是这个。可是我真的一点儿活在当下的愿望也没有啊。”我无奈地说。

现实是什么呢？是圣胡安老城街头随处荡漾的拉丁音乐，是酒吧里男女老少其乐融融的热烈舞蹈，是海角的城堡墙头湿翠欲滴的青苔，是乡村腹地朴素真实的人家，是荧光海湾在星空下如梦如幻的粼粼光影。这些都是很好的，我也不能说我不喜欢。

可是我这么努力地要让自己开心起来而不得，这不也是现实吗？

“好啦，先不说了，我们要去包饺子了。”朋友快乐地说。

我愤怒地表达了我的艳羡，可是我知道，即使我是他们中的一员，一切也不会有什么区别。我可能也会向往这里的椰林沙影、碧海白云，还有湿润温暖的海风。更重要的是，我也会努力让自己开心起来，然后发现一切不过又回到原点。

南国风光好，只是太相思。我来过了，可是明天并没有因此变得有什么不同。这只是又一次让我自己更快乐地、徒劳地尝试罢了。

柏林的空气

我曾经看过一部关于柏林爱乐乐团的纪录片，里面有一个镜头，是乐团的小提琴手赫尔穆特·麦伯特裹着大衣走在柏林的街道上，经过一个街头的旧唱片摊，停下来翻看那些黑胶唱片。我对这个镜头印象深刻，也许是因为它反映了我对柏林最有代表性的想象：寒冷的天气、安静的街头，还有裹着大衣的音乐家们。

于是当我自己裹着大衣走在寒冷安静的柏林街头的时候，我觉得我好像是在实现一个曾经经历过的场景。当我坐在从屏幕上见过无数次的金黄色的柏林爱乐多边形大厅里，看着赫尔穆特·麦伯特坐在面向观众第一排的小提琴座席上微笑的时候，生活中的想象和真实之间的界线，对我来说忽然显得一点儿也不分明了。

深秋的柏林很像是深秋的北京，而且是像北京最好的那一面：疏朗、从容、敦厚又不失活力与温情。诚然它不如巴黎细腻温柔、丰饶多姿，但也自有其亲切而令人心折的美。当我走进6月17日大道上的夏洛滕堡门的那一瞬间，恍然觉得自己是在北京木樨地的路口，那是我大学时骑自行车进城每每逗留的角落。并不是有什么确切的相似之处唤起了我的回忆，我只是忍不住不停地这样想。

它的风景当然也有北京所远远不及之处。柏林的街道几乎都为林荫所覆盖，而这几天正是树叶五彩缤纷的时节，道路上也铺满了落叶（这似乎是个不打扫落叶的城市）。在安静的小巷子里行走或者骑车——我真的租了一辆自行车——看着树叶和墙上爬山虎叶子的颜色交织在一起，会觉得像是蜡笔画成的图画一样。

然而这些都只是具体而微的柏林而已。事实上，还存在着另一个柏林，一个更常被人们作为话题所谈论的柏林。

也正是这个柏林多少有点儿出乎我的意料。我所说的不仅仅是无处不在的关于冷战的煽情叙事和商业操作，也不仅仅是装模作样的东边画廊和丑陋的柏林电视塔广场，而是可以由此上溯到“二战”之前，甚至是20世纪之前——我在波茨坦所看到的普鲁士时代的无忧宫，颇能代表“这一个”柏林所给我的印象：它形制恢弘、雄心勃勃，也不失细节上的精致之处，但是整体而言，实在是有点儿装腔作势、不知所云。无忧宫的空洞无谓令我惊诧不已，柏林的精华地段——从勃兰登堡门到亚历山大广场——也是如此。

我忍不住猜想，这也许是因为柏林长久以来一直处于各种极端政治冲突的前线，还无暇沉淀出细致悠远的城市韵味。尽管也有无数文化艺术精英荟萃于此，但是终于不能蔚为大观，而流于某种程度的粗疏单调。

这是多么遗憾的事。

在柏林爱乐乐团每年的夏季森林音乐会上，用于结束的固定曲目叫作*Berliner Luft*（《柏林的空气》）。那是首旋律鲜明朗朗上口的进行曲。我固然承认那旋律确实令人过耳不忘，但是也一直忍不住奇怪，为什么作为世界级音乐中心之一的柏林，会选这么一首曲子作为自己的城市之歌？

　　但是自己到过柏林之后，我觉得我多少有点儿理解了。

旅行的意义

我第一次听陈绮贞这首歌是在北京念书的最后一年。那时候我既没摸过方向盘又没坐过飞机。念书期间自己坐火车出去旅行过几次，多半是为了见某个姑娘，但是也常常一个人背着包在城市的大街小巷乱走。我总是觉得，与其说我喜欢旅行，不如说我只是喜欢在陌生的道路上走来走去而已。我现在对那时的每段旅行都还有片段的印象，某个街角的巧克力店，某个雨后的码头，某个夜里的电话亭，诸如此类。可惜那时候不喜欢摄影也没有博客，这些印象也会渐渐在脑海里褪色吧。

现在五年过去了，我早已经记不清自己坐过多少次飞机，开过多少汽车里程。我看到过夏威夷的彩虹和爱琴海的落日，也去过春色温柔的旧金山和铺满落叶的柏林。我熟悉那首歌每一句歌词所代表的意义，那些地图上的寸寸光阴构成了我这段人生中最生动的回忆的一部分。可是我总是觉得，自己旅行时的心态同五年前别无二致。我常常在走在异乡道路上的某个时刻陷入茫然。既然我并不对历史和地理有特别的兴趣，也从来不曾以挑战极限运动为目标，那么我看过这么多风景，见过这么多人和城市，到底是要寻找什么呢？

旅行是一种代价极大而收获极难衡量的爱好，如果是一个人旅行就更是如此。时间和金钱的花费自不必提，还要做大量的准备工作，要应付各种突发状况，要不断在各种方案中做优化，还要调适自己的心理以接受各种挫折。然后呢？我来了，看了，或许会有某些心旌摇摇、魂为之夺的时刻，但是事先既无可逆料，事后也无法重现，那色彩鲜活的一瞬间有多美，只有彼时彼地的自己才知道。

在除此之外的大多数时间里，旅行更像是一桩任务，它需要耗费更多体力，在细节上倾注更多心思，还要更有效率地利用时间。在那个与日常生活迥然不同的时空坐标里，身体和意志都被极大地伸展开来，在很多情况下，那并不是种享受。

那只是向着某个未知目标的跋涉而已。

可是那跋涉没有尽头，让每一次旅行的结束都像是一次妥协：我只是累了，要回家了。过不了多久，这一切还是会重新开始。没有一趟旅行是完美的，可是它往往再也得不到修补的机会，因为下一次新的召唤已经到来，而前面还有那么多路要走。

对我来说，旅行的意义似乎就隐藏在这周而复始的跋涉之中。那种身体和心灵的双重疲倦带来了某种充实和安全感，让我能够更清晰地触摸到自己的生命力。我并没想过要通过旅行来逃避我的日常生活——事实上，我出门时一般会带着笔记本电脑，这是很多人很鄙视的习惯——我要逃避的只是那充斥在寻常岁月之中的倦怠罢了。

我要借此证明我仍然在热切地用心生活，而非坐视它陷于一成不变的虚无。在那漫长的没有终点的旅途中，在那些不期而遇的动人时刻，在华丽的风景定格于脑海的一刹那，我得以让自己相信所有努力和坚持自有其沉默的意义，而我仍然有能力让自己的生活变得更好。

即使这一切也许都只是假象而已。

我们唯一的一次旅行

陈思呈

在目睹、想象了我妈的苦痛之后，我曾经不确定，我的独活，是否可以理直气壮，是否可以顺理成章。在那么多的缺失、负疚、误会之后，我是否还有幸福的必要性。

夜深人静的时候，我多么希望能与妈妈单独地相处一下。多么想和她真正地到远方去一次，远离争吵，远离我们命运里的人际纷扰以及俗规中的热闹。也许，在一种被世界抛弃的冷清中，我便可以拿出我的心来向她描述，而她也不再像荷叶对待水珠那样。不，我们会像一盆水接纳另一盆水那样，能互相照见。

人不可能再死一次，所以我们就不会再担心分离了。我对这场相逢有一定的信心，原因也在于人死了之后，就不可能再死一次。因此时间失去了它的威胁。死去的人赢得了无穷无际的时间，那么这场寻找也就只是迟早的事情了。

1

1981年的那个冬天发生了一件小事。5岁的我在那个冬天拥有了一件新毛衣。这是一件属于春节的设备。那个年代，很多小孩都只在新年才有新衣，我盼了很久很久，从它被买回来之后我就开始盼望时光加速。终于在大年初一这一天，一睁眼便迫不及待地穿上了它，顾盼自雄地在家里走来走去。

这里要描述一下这件重要的毛衣。它粉红色，符合一个5岁小姑娘最正常和欠缺想象力的审美。它开襟，两边各用当时流行的针法编出一道麻花纽。与平常那些稚气又简陋的童装毛衣略为不同的是，它有个外翻的方形领子，可以使这件毛衣的主人拥有一种超出年龄的庄重感。这也是这件毛衣使春节格外令人期待的原因。

毛衣是妈妈买的，有好几个晚上，妈妈打开衣柜拿别的衣服时，我央求妈妈把这毛衣也拿下来让我看一看。它柔软地停在我手上，像一朵粉红色的云朵，把周围的空气都变得温馨起来，都变成一种淡淡的粉红色。我看了看它，满心欢喜地又把它放回原处。

大年初一那个早晨，我穿着新毛衣在家里巡演了一圈，由于想象中赋予自己的光彩，难免有几分轻骨头。我在台阶上跳上跳下，在天井里窜来窜去，终于，早餐还没有开始，我已经弄脏了手。然后又去水龙头前洗手，最后，就不可避免地把新衣服的袖口打湿了一截。

是冬天，打湿了的毛衣穿着无疑非常难受，手腕一截又湿又冷。我的心情从刚才的飞扬跋扈变成气急败坏。这一天还没开始，我还没来得及走出家门，让这件又新潮又高档的毛衣为我赢回些羡慕的眼光，难道就要把它换下来，换成平时那些灰扑扑的外套？我盼了那么久的时刻就这么取消了？那这个年还有个什么过头?

我小时候很没眼色，完全不知道当时大人在忙什么，也不知道大年初一最忌哭闹。我被自己这件小事打垮，哭哭啼啼地纠缠着我爸，一定要他帮我把衣服袖子变干。

我爸正忙得一头烟，大年初一的上午，在我们老家，除了要煮一种极为复杂的早餐之外，还要祭拜各路祖先神灵，同时还要准备招呼前来拜年的亲戚客人。我不记得我爸正在忙着什么了，说不定除上面所说的这些，他还有别的烦心事。总之，在这个最不应该哭闹的早上，我大哭大闹；在这个最不应该打小孩的早上，我爸痛打了我一顿。

那件毛衣在回忆里已经完成了它的使命。我不再记得它的命运了，只记得我妈和我爸大吵一架。一直以来，我妈维护起孩子来有一种母兽般的凶悍。那不是她第一次因为我而跟我爸吵架，更不是最后一次，但这一场架格外猛烈。我知道，那件打湿袖子的毛衣是个导火线，于是，再没有眼色的我也噤声了。我隐隐地记得，观战的有邻居的几个大婶，她们的窃窃私语让我知道，是自己闯了祸。

2

在这个本该歌舞升平的大年初一上午，我爸妈的战争迅速升级，最后，妈妈收拾了简单的行李，带着我出了门。

我们先是去了外婆家。我呆头呆脑地坐在外婆的床上吃东西，完全不知道我妈和我外婆在谈什么。没等我手里的东西吃完，我妈和我外婆也吵起来了。她们一边吵，妈妈一边把刚刚摊开的行李又收拾了起来，然后，她又一手拉着我，气呼呼地走出了外婆家。

即使我当时那么蠢傻，也能明白我们的处境：我妈没处去了。她能去的地方，除了自己家就是外婆家。那个年代不兴投奔闺蜜，大家都太忙了，没空儿发展可以谈人生的友谊。再说即使有闺蜜，大过年的，我妈还拖着一个5岁的我，去谁家显然都不合适。

我妈带我徘徊了一会儿，最后，带着我来到一个招待所前面。

在1981年的小城，全城只有一个招待所，如果没记错，它是在江边。因为我记得，那天晚上，我能听得到江上轮船一声一声的低鸣。

那个白天是怎么过的我完全空白，理论上，作为新年的第一天，那天街上应该很热闹，鞭炮声此起彼伏，街上充满了暖色调。人们来来往往，嘴里说着吉利话。大喇叭响着，播放各种正能量的歌曲。整个世界应该是活色生香的，但我的记忆里，那个白天没有留下任何痕迹。

只记得晚上，很晚的时候，妈妈还拉着我走在街上，真的已经很晚了，再加上过年的缘故，路上没什么摊子。走了很久，才看到前面有一处灯光融融，是一个水果摊。几个年轻人坐在灯光下，一边抽烟，一边打牌，一边说笑，似乎都无心管那个摊子。

我说我想吃雪梨。

我妈走过去问价。妈妈是个很能和陌生人打成一片的人，在她的一生中，我无数次见到她与各种小摊小贩相谈甚欢，买一件不足十元的东西都能聊到彼此的籍贯、家中的饮食、身体的隐疾、未婚或未娶的子女。她从年轻起就是一个热情洋溢的人，所以，这时，在深夜行人寥寥的大街上，我妈满脸堆笑地走向水果摊，用她惯有的友善搭讪。

我妈挑了几个雪梨，又满脸堆笑地让他们称称。那几个年轻人吊儿郎当，爱理不理，其中的一个突然对我妈说了句什么，另外几个人爆发出一阵大笑。

以我当年的智商，自然不可能记得他们说的是什么，只知道，那是一句戏弄。我妈对他们的不友善似乎很感错愕，她愣了一下，赶紧拉着我走了。

也许因为我妈此时的处境，我能感觉到，妈妈刚才的笑容有明显的讨好成分。感觉到这一点令我很难过，而那几个年轻人的反应更加剧了我的难过。

但我不懂得如何向我妈传达我心里的感受，不要说那个5岁的小孩，就是现在的我，都难以描述。我跟着我妈走在夜里的大街上，我妈因为买不成雪梨而惋惜，她把我背在背上，半是向我解释，半是安慰自己地说："那几个人是神经病，我们也不稀罕买他们的东西。"

我伏在妈妈背上，闻得到她头发的香气，一种熟悉的妈妈常用的洗发水的气味。后来，我就睡着了。

3

回忆在这里有点儿跳跃，不知道妈妈用了什么办法，总之后来，我和妈妈在招待所的房间里，两个人，吃起一大搪瓷缸的粿条。

粿条是我家乡特有的一种小吃，类似于广州的河粉。我妈在任何情况下，似乎都在惦记着我的肚子，当我回忆起妈妈，会记得很多与吃有关的事情。

有一次在家里，晚上睡觉前，妈妈突然来了兴致。她拿个小碟装了些酒精，躲在房间里（那时候我们和爷爷奶奶住在一起，她不想给他们知道），烤鱿鱼。酒精上点了火，鱿鱼干放在火苗上焙着，很快，卷起来，并发出极其浓郁的又鲜又香又腥的气味。想来，同住一套房子的我爷爷奶奶怎么可能不知道呢？但我们掩耳盗铃吃得很开心。

可口可乐这种饮料刚刚出现在小城的时候，有一天晚上妈妈洗完了碗，就叫上我和我妹出门了。那是个夏天，她带我们到一家小杂货店，掏钱买了三瓶可口可乐。我们三个人站在人家店子的习习凉风里，非常时尚地把那三瓶在当时非常稀奇的饮料一口气喝完，胀得我直打嗝。

现在还说那碗粿条。在冬夜，那是一碗配置版本最高的粿条，它配置了肉丸、鱼丸、猪杂、香菜、油渣、蒜茸、芫荽以及最为适当的温度，令这个本来颇感凄楚的夜晚和在这个搪瓷缸的腾腾热气上凑在一起的那两个脑袋，都增添了一份奇异的温暖。

多年以后想起这件事，我感到费解的一点是，事情是我惹出来的，但我记忆中妈妈为何对我没有一句责怪，甚至于那几天的回忆尽是一种“现在只剩下我们了，我们要相依为命”的温馨感。在平时，妈妈并不是什么深明儿童心理的人，情商也不高，脾气也不好。现如今我无法考证她当时的心理。

夜里，江边的招待所很安静，甚至于成年后我还给它加上了一个错觉，我觉得那个夜晚似乎有月光。事实上，年三十和初一肯定是没有月亮的，起码要到年初三初四才有一丝月牙。那么，我当时看到或者感受到的以为是月光的东西，也许只是外面的马路上的路灯。招待所的窗是一块小小的方形，路灯的光线就是从那一小块方形中漏下来的，让这个万家团圆的夜晚显得特别宁静。

还听得到江上传来的轮船的低鸣，来自轮船的胸腔，十分悠长低远，这一切都在加重这个夜晚的宁静。

我已经忘记了最后我们是如何回到家里的，也从来不愿意找人问起。事实上，我爸和我妈之间类似的吵架，后来也发生过。但是一年后，我妹就出世了。我妹的出现，使我妈在这个家庭中夯得更实，就像一块桩，在地里被扎得更深。

直到她去世后，有一次姨妈闲聊说起来，说某年过年，我爸和我妈吵架，我妈带我离家出走。我爷爷奶奶很生气，她在这个万众团圆的日子还有意破坏了团圆，但为表示高风亮节，他们在饭桌上还是摆上了一副我妈的碗筷。我们都很为我爷爷奶奶的想象力折服，一边听，一边笑。这件事，终于被描述成了闹剧。

4

事实上，我怀念那个夜晚。我对那个夜晚感情复杂，也许我潜意识深处是希望我妈与我能把离家出走持续下去：相依为命，尘埃落定。

现在，我才看清楚她的愿望，她一生的努力，就是为了可以与我，或者我妹——而不是我爸——幸福地生活在一起。我和我妹妹工作之后，她把全部的积蓄拿出来给我们买房子，那一套更换了几遍的房子寄托了她的全部人生希望。

回想起来，她的一生确实没有过过什么好日子。之前的生活不必再提，2006年，我的儿子出生，妈妈把一生剩余的、压抑的、全部的爱，都爆发出来，她如痴如狂地爱这个婴儿。那本来可以是幸福的几年，但是妈妈的焦虑同时也平方性地扩大。

妈妈身体不好，我婆婆年老，也表示无法帮我们带孩子，我们长期雇请保姆。在小宝的婴儿时期，妈妈最担心的两件事：一是保姆在喂给小宝的奶粉里掺杂了安眠药；二是保姆把小宝拐卖走。每一天，小宝睡着了，妈妈担心；睡不着了，妈妈也担心。小宝兴奋时，妈妈担心；小宝安静时，妈妈也担心。但凡保姆带着小宝走出妈妈的视线，哪怕只有几分钟，她都可能崩溃。

我们换了很多保姆，我和妈妈不停地吵架，我希望妈妈不要与我住在一起，但是她从我这里离开后，又不断地偷偷打电话给我的保姆，询问与我们母子相关的一切生活细节，因为她实在无法放心……

我当然无法处理我妈的焦虑，更无法处理她的焦虑带给我的焦虑。我和她一样，我们是任由各自的无力感蹂躏，并彼此担心互相怨怼的两个人。

很多年来，我经常做的一个噩梦是，我和我妈吵架。因为一些很小的事，不管我怎么说，怒吼着说，哭泣着说，挣扎着说，自残地说，从我口中说出的话，就像雨水滴落于荷叶，荷叶丝毫不为之所湿。我为这种沟通的阻塞而绝望，而我妈当然也在发怒。我们在激烈的对峙中，也在对彼此的爱中，互相耗尽了能量。

后来，我阅读到相关的心理学资料，有很多的心理医生告诉我，这不是爱，这是控制。或者说，这不是健康的爱。他们甚至鼓励我，要对这样的爱说“不”，要承认我受到了伤害。

这些说法在一定程度上拯救了我，但终于，这些类似的表述令我感到不适。我知道，这种伴随伤害的爱，互相折磨的爱，也许确实不能得到读者的好感。我也知道，按心理医生所说，令我痛苦的爱，是错的。爱应该是快乐的，但我正是在这痛苦中，看到了更深的激荡。我知道，这就是我在人世间所能获得、所能付出的最深的感情。我知道，它就是我所能体会的，人类的情感中最深的那个底部。

相比于人类的胸腔里能产生的痛苦的深情，心理医生的说法，有一种照本宣科的隔岸观火。

也许是我悟性不足，或是力量不够，总之，直到妈妈去世，她仍然无法摆脱焦虑对她以及对我的控制。

有一次我告诉妈妈，你再活几年就好了，我也许可以赚到很多钱。其实我是骗她的，哪有什么赚钱之说。成长原因，使我无法直接说出感情，我希望她能多活几年的原因，仅仅是我觉得再过几年我会强大起来，我需要时间来与我以前所形成的心理痼疾作战。我希望在她的有生之年，我能强大到可以自救并且救她。我希望能罩住她。

但你很快能读到，我没有来得及。

5

妈妈得了癌症之后，一直有个愿望，就是到一个以山清水秀、空气优良而闻名世界的村庄——巴马——去住一段时间。

我知道她有这样的愿望。但是每当提及成行的可能性，妈妈就提到了现实上的不便利，比如说，要带的药很多，她晕车，而我们也不便请假，等等。于是这个愿望便一直被搁浅。其实我知道妈妈一直拖着没有成行的真正原因是什么：她不想给我们添麻烦。她一生都没有学会理直气壮地提出一个

“为自己”的愿望。

直到妈妈病疴愈来愈重，几乎连走路都非常艰难的时候，她反而强烈地希望能启程到巴马去。

那个时候我爸来了广州，与我妈住在一起。我爸当然是反对去巴马的，大多数的正常人看到我妈病成那样还要坐长途车去“旅游”，肯定都会觉得是无稽之谈。除了我爸之外，我妈的兄弟姐妹也不支持。妈妈的兄弟姐妹对她都非常好，在她病重的时候，他们轮番来广州照看她。他们的意见，也是举足轻重的。

但我能感知妈妈的心愿。我强烈地感知到她的求生欲望，去空气清新的巴马也许是她能想得出来的最后一着儿。

何况，她一生都想走到更远的地方去。前些年，因为我们生活尚未安定，比如说工作未定，或者恋爱，或者怀孕，我们都没有机会一起去旅游。现在，肯定是她一生中最后一次旅行了。

如果我坚持，妈妈的这个愿望是可以实现的，就算我爸和亲戚们都不同意，退一万步讲，其实，我可以陪她去。

我可以向单位请假，甚至于因此而辞职又如何呢？只是一份普通的工作而已，而我妈，却再也不会回来。

但是，这场我妈人生中有可能的最后的旅行，终于还是没有成行。原因在于我的软弱和惰性。更大的原因是，我并没有预计到，失去这个机会，将会是对我自己，而不是对我妈，多大的惩罚。我后来无数次想象，如果那时病榻上的是我，而健康行走的那个人是我妈，我妈会怎么做？我得出的结论只有一个：我妈肯定是背也会把我背到巴马去。

这种反省令我对自己非常心寒。我前面已经说过，唯有来自于脐带两端的母女两人，唯有这么一份充满了互相折磨、争吵的情感，是我能在人世上感知和付出的最深的感情。但是就算如此，我对她，竟然也只能这样，一点儿惰性，一点儿软弱，就能让我放弃。

人们常说，人类的爱都是向下的，没有人会爱自己的母亲像爱自己的孩子。这是不是人性中悲哀的真相？即使妈妈在病重时，她给医生的红包，都是她自己塞过去的。我没有替她做这件事，原因仅仅在于我的羞涩。

而我的设想没有办法停下来。我设想如果病的是我，哪怕让我妈去向医生跪下来，她都做得到。她化疗的时候为了增强免疫力而开了一些补药，她总是问那个医生，这样的药，她那个“血气不足”的女儿是否适用，令医生啼笑皆非。最后病重时，妹妹给她买了台吸氧机，那台吸氧机令她有了两夜良好的睡眠，第三天她见到我，竟然提出让我也戴着这台吸氧机去睡觉。

我上大学时，有一次妈妈来学校看我，我和她住在学校的旅馆里，挤在一张床上睡。那晚我突患急性肠胃炎，手脚冰凉，上吐下泻。我妈雷厉风行地冲出去，给我买回来一堆药，当她发现我手脚冰冷，便毫不犹豫地把我的双脚抱在她怀里。当时我已经是一个大学生了，有点儿不好意思，便缩了缩脚，她怒吼我一句，我就不敢动了。然后，我就那样被她抱着睡着了。然后，我就飞快地好了。我想到这件往事是因为，我从来没有这样抱过我妈，即使她病得那么重，而我则只是肠胃炎。

6

是的，我没有带我妈妈去巴马。

我没有带我妈去旅游过一次。

她去了更远的地方，她离开地球了。

我吃过那么多好吃的，却没有带她吃。妈妈很爱吃东西，因为她是饿过的人，但她总以“外面的东西不卫生”为由，基本不出去吃。

我买过那么多好看的衣服，她却没有。妈妈很爱打扮，很爱美，但她说，按风俗去世后衣服都要焚化，所以她从生病开始就不穿新衣服。

就连她去世之后，所需要用到的擦身体的艾草、几层寿衣、祭拜用品、殡葬公司，都是她生病期间，自己联系好的。到底是什么原因，使我没有来得及做以上事情中的任何一件?

我们在一起的回忆，失去了时间的维度，小时候的事和后来的事打成一片，不分先后，混淆界线，在脑海中陆陆续续地时浮时沉。

于是，我就想到了5岁那一年的那次出走。阴差阳错，那就是我妈这辈子与我一起的，属于我们两个人的，唯一的一次旅行。

我猜测，那个新年我妈妈是什么心情？她知不知道这么一次旅行，是一种隐喻？会在三十几年后，越发清晰地被我放大了它的细节，怀着一种难以言喻的心情。

那个很小的招待所，必定早已不知所终。在它有限的几间客房里，大概很少接待过离家出走的少妇，还带着一个懵懵懂懂的幼儿。她们在这座邮票大的城市里流浪了几个小时，然后她们把这场流浪偷偷修改了性质，变成一种犒赏。

我记得江边的夜晚是多么安静。风从走廊吹过，带来了江面上轮船的汽笛声，那么低回、辽远，像一声声呜咽。那从小窗口漏进来的类似月光实则路灯的浅浅光亮，则有一种眼泪在眼眶里默默打转的感觉。天地间充满了巨大的宁静，我心里被不明所以的情感鼓涨，仿佛轻轻一挤，就汁液淋漓。

起码，在那个时候，我们是彻底地相依为命。

相依为命的意思是，其中的一个人死后，另一个人也有一部分是死的。

在目睹、想象了我妈的苦痛之后，我曾经不确定，我的独活，是否可以理直气壮，是否可以顺埋成章。在那么多的缺失、负疚、误会之后，我是否还有幸福的必要性。

夜深人静的时候，我多么希望能与妈妈单独地相处一下。多么想和她真正地到远方去一次，远离争吵，远离我们命运里的人际纷扰以及俗规中的热闹。也许，在一种被世界抛弃的冷清中，我便可以拿出我的心来向她描述，而她也不再像荷叶对待水珠那样。不，我们会像一盆水接纳另一盆水那样，能互相照见。

我现在没那么害怕死亡了。如果我死了，也许就可以找到我妈了，重新在一起。甚至我会想象到那个情景，她的样子和生病前一样，在她天上居住的地方，看到我风尘仆仆地来了。

妈妈！我会这么大叫。

她看到我时，脸上那种惊喜，但又好像觉得我很傻那样的表情，我都可以想象。

人不可能再死一次，所以我们就不会再担心分离了。我对这场相逢有一定的信心，原因也在于人死了之后，就不可能再死一次。因此时间失去了它的威胁。死去的人赢得了无穷无际的时间，那么这场寻找也就只是迟早的事情了。

而生活的真相便是，我们有时候突然想上路，有时候又想停留。有时候想要一个拥抱，有时候又转过身想要拥抱世界。

玛尔莎去哪儿了

何袜皮

1

肯即将动身前往墨西哥进行考古发掘。他临走前退掉了房子，寄宿于玛尔莎家。

我们在玛尔莎家的客厅里等待玛尔莎时，肯在网站上玩一个游戏：在规定的时间内在空白地图上填写全世界所有的国家和首都。肯的记忆力惊人，他甚至可以背出许多国家的所有省份，仿佛在大脑中装了一幅详尽的世界地图。

可我却是一个记忆力糟糕的路盲症患者，在麦城生活四年，依然不认识回家的路。

“玛尔莎去哪儿了？”我回头看看窗外飘雪的夜色，问。

下一秒，我们都笑了。因为这是当晚我第三次问这个问题。

“不知道。她也许正在哪个没有信号的地方喝酒呢！她周末回来时总是醉的。”肯的表情似乎在说，他对问题的答案并不关心。

我们三人都在人类学系。

肯一度迷恋玛尔莎。在一张他们的合影里，玛尔莎戴了五彩假发，把一条腿高举过头顶，做出小丑的表情，而肯只是站在一旁羞涩地笑着。他们完全是两类人。肯只有喝高了才能克服羞涩，而玛尔

莎即便滴酒不沾也时刻处于喝高的状态。

我和肯一起出门去找玛尔莎。我们裹着大衣，咔嚓咔嚓走在深夜的雪地里。我戴了羽绒服帽子。而肯，我想他纯粹是为了显得更好看，才在飞雪中裸露火红的头发。我们溜达到了玛尔莎最喜欢的米奇小酒馆，但她不在那里。于是，我俩挤在人群中点了一杯叫月亮男人的当地啤酒。

这是11月。

麦城有4个季节，分别是：几乎冬天、冬天、依然冬天和施工期。这是我刚来时就听到的笑话，也适用于美国中西部的其他城市。麦城的冬天漫长寒冷，可以从10月末持续到来年5月。一旦积雪融化，城市的每个角落都开始施工，随处可见橙色的标志。

市区的三个大湖和森林让夏天的麦城如同绿宝石般珍稀，只可惜一年中的大部分时间我们都处于冬眠似的等待中。

冬季的气温降到零下20多摄氏度。每天下午4点多，天已暗黑，湖面结冰，大雪掩埋一切。前年3月的一场暴风雪，扯毁了电线，封闭了乡道，把我们困于鹰高地的家里。站在湖边放眼望去，除了白色只有白色，我们如同身处另一个星球。

每当我全副武装站在深雪里，试图把自己的二手汽车挖掘出来时，便会想到有个伴侣的种种好处。

在寒冷的冬天，孤独是一种犯罪。于是，大家想尽办法找乐子，聚在一起取暖。最简单的方式是喝酒，讲一些下流笑话。

我记得肯讲过这样一个：一个做包皮手术的医生，每次做完手术都会把剪下来的包皮搜集起来。后来他决定不浪费这些材料，把它们缝制成了一个钱包。于是，每次他抓一抓钱包，它就会变大。

它好笑吗？——或许。当你已经准备好了要笑的时候。

2

每年主街上的万圣节派对是麦城最大的狂欢节。外省人打扮得五花八门，驱车从其他州赶到麦城。我在网上出售去年的服装：从魔术帽里变出来的兔子。不得不承认，任何人穿上它都可以显得很傻。但道具不能重复使用，因为你无法以同样的方式傻两次。

一对老年夫妇深夜前来买道具。当我把箱子搬到停车场交给他们时，那个女士看到了兔子开心地对丈夫大叫："亲爱的，它配极了你的服装！"他们当着我的面接吻。我不知道他会扮狼还是一根萝卜。

这是奇萨的点子：由吉普，一个魁梧粗犷的男生，穿着花围裙和头巾扮演牧羊女小波比。其余6人是他的羊群。我们把从沃尔玛买来的填充枕头的棉花一团团粘在白色带帽运动衣上。（如果技术不好，可能会看起来像米其林宝宝。）在屋里喝了一轮酒后，我们在雪碧瓶里灌上伏特加，在衣服里藏了啤酒瓶出门了。

一路上那些香蕉或者超级玛丽指着我们惊叫："看！一群羊！"

那晚我一定喝多了。直到第二年初夏，积雪完全融化，我才发现我的那件粘满“羊毛”的白色运动衫竟在公寓前的草坪上躺了半年。

第二天我们去系友家参加另一个万圣节派对。肯刚从纽约回来，给我带了一顶黑色假发。在他的提议下，我重温了《低俗小说》。我从衣柜里找出白色衬衫和黑裤子，又买了黑色眼线笔和红色唇膏，照着手机里乌玛苏曼的照片给自己化妆。

那晚的肯是小仙女叮叮。五月是洛丽塔。远因为拉斯维加斯脱衣舞男的领结拿了最性感奖。彼得潘和他的小伙伴们得了最佳团体奖。简在性感内衣上贴满了“弗洛伊德口误”，拿了最聪明奖……

从湖上互射水炮的海盗日，到每年夏天的裸骑自行车日，麦城总会提供更疯狂的点子。

在第四年时，我才知道那个麦城的秘密：某家酒吧会在每周日早上提供色情片配早餐。四周电视机里上演着各式各样的重口味色情片，而顾客们只是对着电视机，无动于衷地吃着培根、煎鸡蛋，喝着咖啡。

在这里，没有什么值得大惊小怪。

有个朋友告诉我，他在周末的农贸集市上见到了我喜欢的导演大卫·林奇。我听了几乎尖叫。他却轻描淡写地说：“林奇在麦城有幢房子，每年夏天都来。”

我后来在网上读到，林奇告诉记者，他喜欢议会厅旁边的某家法式餐厅，虽然总是有顾客认出他，但在麦城从没人打扰他。

林奇喜欢麦城和我喜欢林奇的原因，或许是一样的。

2009年时麦城官方做了一个令人啼笑皆非的决定：把塑料粉红火烈鸟作为市鸟。塑料粉红火烈鸟这种草坪装饰品自从诞生起，一直代表了庸俗的流行文化。人们有时候为了捉弄某户人家，会趁着天黑给他家的草坪偷偷放上一群粉红火烈鸟。它的设计师因此得过搞笑诺贝尔艺术奖。而那部世界十大恶心片之一的《粉红的火烈鸟》更让这种塑料鸟成了淫秽的代名词。

而麦城大学的老校友们，却向母校捐赠了一群塑料粉红火烈鸟。它们立在校园的大草坪上，令寒冬显得荒诞而幽默。

麦城的一位前共和党州长德瑞弗斯曾在1978年打过一个比方："麦城，被'现实'包围的30平方公里。"这么多年来，除了城市面积数字增长外，这个陈述从未过时。

有两样东西一直以来让麦城闻名：酒精派对和极端自由主义。1979年的纪录片《在家的战争》记录了越战期间发生在麦城大学的激烈的反越战运动。而2011年，为了抗议共和党州长取消工会议价权的决定，7万麦城人走上街头，占领了议会厅。这事件被拍成了新的纪录片《我们是威斯康星》。

1970年，卡尔和他的反战朋友们往麦大教学楼里扔了个炸弹，却不

小心炸死了一个物理研究员。2012年，出狱后的卡尔又上了新闻：某天他因为超速被截停后，警察竟在他的座位下翻出80万美元现金。至今没人承认这是自己的钱。

20世纪60年代开始的米夫林街区派对一直延续到今天。从前以反战为名，今天以自由为名。每年的这一晚全城警察出动，用黄色大校巴来装喝酒闹事者。哪怕最平静的一年，警察都曾经抓了200多人，发了300多张罚单。据说市政府每年为此支付10万美元的维稳费用，却可以通过罚单收回8万多美元。

德瑞弗斯那句话中的自嘲谁都能听出来。对于被整个州选举出来的共和党官员来说，州政府所在的麦城这么多年来一直令他们感到挫败。它似乎罔顾现实，活得醉生梦死，无视它以外的大片保守而现实的土地。但这句话也可以解读为麦城对剩余世界不屑一顾的骄傲。

去年，现任的政府官员们曾分成两派，各执一词：到底应不应该把这句调侃的话作为城市座右铭。反对者说，我们需要这么拆自己台吗？而支持者说，嘿，还有哪个城市像麦城一样敢于自嘲？

3

我和肯留在米奇小酒馆时，他突然对我说："我喜欢你。当我了解你越多，我便越喜欢你。"

我看到他的躲在镜片后的海蓝色眼睛，搭配火红色的胡子和头发，像寒夜里的某种外星生物。尽管他的目光真诚，但我却认为，类似的表达在这样的冬夜说出口，总有几分可疑。

我摇头："肯，你真的知道你想要什么吗？"

哪怕只是取暖，是否真的任意一个拥抱都可以？

他沉默了一会儿，回答："也许不。"

肯去了墨西哥。和朋友一起送他的那天，他问我下一部小说写什么。我开玩笑说，也许会叫《玛尔莎去哪儿了》。他笑，像《等待戈多》那样的吗？

他们永远没有等到戈多，而我们永远没有弄明白我们想知道的答案，比如说，为什么我们每个人都有那么多的爱想要赠予，却还是难以找到一个可以互相赠予的人。

我也不明白，像玛尔莎这样的美人为什么会有摆脱单身的烦恼。有次她尖叫着展示一副从巴西寄来的太阳眼镜，告诉我们这是男友的礼物。她暑假飞到巴西与他同居，可只不过几天便吵架搬了出来。

上一次她声称在练瑜伽时遇见了麦城最英俊的男人，开始约会。一个月后她带了一个环保律师来酒吧。

"是他吗？"我偷望了一眼那张长相憨厚的脸，问。

"噢，不！"她过了几秒才反应过来，笑道，"我还是给你介绍一下丹吧。”

到了第四年的春天，她最终失望至极，恨恨地说道：“管他妈的呢！我才不需要男人！”

在我看来，她这个越挫越勇的游戏，只是急于找人取暖，以补偿她所不适应的寒冷。

我一直以为，很多爱情的产生，只是假冬天之名。

如果有一天，我爱上了一只旧沙发，你不用太奇怪。蒂姆·伯顿在他的《牡蛎男孩的忧郁之死》里提到人类和任何生物，甚至物体，相爱的可能性。

五月已经单身三年了。她曾送我一句格言：“生活就和性一样，你想要更好的吗？靠自己吧！”

在我失眠的冬天，五月每晚临睡前给我的电子信箱传一张道晚安的照片。有时候是她在黑板上写的歪歪扭扭的中文字，有时候是她篡改的《七龙珠》台词。我一直认为自己是在麦城最了解她的人。

一次在玛尔莎家举行派对，玛尔莎咬定五月是“蕾丝边”。

“不，我不是。”五月笑着摇头。

“你当然是。”玛尔莎坚持。

“我不是。”五月还是否认。

我忍不住插话：“玛尔莎，够啦，你难道比她更了解她自己吗？”

五月虽然打扮得像个小男孩，喜欢一切体育运动，但我知道她的内心柔软，无论打篮球还是踢足球，她更关心男性队友的臀部是否性感。

但在某个寒假过后，五月却突然向大家宣布，她和一个远在异国的年长她十几岁的女人相爱了。

我只能把五月飘忽的性取向归结于麦城的冬天。每当她继续提醒我哪个男人更英俊时，我抓住机会向她指出：“你承认吧，你不是‘蕾丝边’，也不是双性恋。”我的潜台词是，你只不过是寂寞了罢了。

可我怎么能忘了我对玛尔莎说过的话呢？还有谁会比五月更了解她自己？

有一天，五月认真地回答我：“也许你是对的。我不喜欢女人。我只是喜欢她。”

她的逻辑没有漏洞，语气坚定，叫我嫉妒。

到了来年夏天，她们依然相爱，并且订婚了。

我知道自己可能是错的。因为我总是忘记了“相爱不问出处”——它重要的是结果，而非起因。

嘿，能不能让我们在冬天相爱，到了来年春天依然不松开对方的手。

4

人类学系的走廊上挂着一幅世界地图，标了所有博士生即将展开田野调查的地点。它们几乎遍布世界的各个角落。

麦城很小，可人类学很大。

在这样一个学科中，几乎每个人都曾经在人生中的某段时间内在非西方文化中居住过，从蒙古，到柬埔寨，从厄瓜多尔，到莫桑比克。

在过去的许多年中，我一直在行走。无论在马赛马拉草原上对着乞力马扎罗山喝酒，在瓦拉纳西恒河上观看尸体焚烧，或是坐滑翔机俯瞰

尼泊尔山川……记忆让我的生活变得碎片化。最后，我来到了麦城。

我们相聚在这里，在派对上喝马黛茶，用后院的新雪点缀鸡尾酒，用森林里捡到的蘑菇和蓝莓包波兰饺子，或者做烈酒果冻——这真是我吃过的最苦的果冻。

我想我们可以被称作世界主义者。可什么是世界主义者？如果只是用行走的距离来理解世界主义，便太肤浅了。总归有一些独特的经历为每个人划定边境，让我们只属于一个地方，或者属于世界。

每当有人问玛尔莎“你是哪儿人”时，她总是翻翻眼白回答：她也不是很确定。她出生在波兰，从小随父母移民到德国，在巴西长大，在英国牛津读书，又到美国的麦城继续读博士。她有东欧的轮廓和巴西的肤色，会说四国语言。所以玛尔莎是哪儿人，和玛尔莎去哪儿了的问题一样，都成了哲学问题。

在我看来，世界主义代表了对另一套价值体系的无障碍地接受和爱，是对自己的拆解，跟随他人的感受。理论是抽象的，而博爱又并不是一件简单的事。我们总是爱和自己一样的。对于和我们不同的，我们付出好奇心和猎奇心，就像萨义德提出的“东方主义”一样，带有偏见，优越感十足，却并不是爱。

当身体里混了越来越多异域元素，当我不断被自己的学科提醒：不要对其他文化轻易评判，我有时候感到自己变得随机而盲目。我总是问自己，我究竟要什么样的生活？

玛尔莎在湖边散步时邂逅了一个意大利来的博士后，终于找到另一个带着欧洲血统的不羁的心灵。两周后刚结束瑜伽课程，她便立刻打开手机，向我笑道：“看，一个小时内他发了5条消息，我们都离不开对方超过10分钟。”

而远呢，新找的男友几乎是他的大号翻版：络腮胡子的大胖子。他们越来越如胶似漆，在派对上紧挨着坐在一起，握着手，时而深情对视。

五月回到了动乱中的泰国。她的未婚妻因为批判皇室而身陷险境。她在脸书上写道：“我一直在想象隔了那么久后再见你的那一刻，但我还是哭了。”

肯回到麦城短期拜访。我见到他的那天，他穿了件海蓝色毛衣，对大伙儿开玩笑道：“看，我特意挑了件和我眼睛一样颜色的衣服。”

我们互相打听近况。他关心我是否依然单身，我耸耸肩，用玛尔莎

的语气说："反正我快要去金三角了。"

"我会等你回来。"他突然说，口气有些漫不经心。我没有回答。

他临走时向每个人拥抱告别，大声地喊了一遍："我会等你回来！"我想他只是喝醉了。

夏天终于来了。夜间我和大伙儿爬出房间的窗户，坐在露台上抽烟。这个方向没有风景，只有来来往往的摩托车，发出巨大的噪声，像在欢呼这个夏天。醉鬼们尖叫，和马达比谁的分贝更高。

我脱了高跟鞋，赤足走去湖畔的沙滩。积雪化去，我的裸足终于能够踩到潮湿的青草了。有人在湖里裸泳。每个人都飘飘然，可我只是在假装我也high了。幸好整个城市都是醉的，没人在意你是否醒着。

多年前我看过大卫·林奇导演的电影《史崔特先生的故事》。一个垂危的老人史崔特和他的智障女儿生活在一起，唯一的乐趣是一块儿看暴风雨和闪电。他想在死前见一眼中风的弟弟，却因为太老拿不到驾照。于是，他驾驶着1966年份产的割草机，带着50美元和一堆雪茄，从爱荷华州出发前往威斯康星州。电影情节平淡，与林奇后期的诡异黑暗风格截然不同，只叙述了老人一路上遇到的各个平凡而善良的人物。

这部早期电影泄露了林奇恶作剧和疯癫的背面：温暖，却带着写实的残酷。当我们的四周只有现实的旷野，冷冬的黑夜，除了期待一次历经跋涉后的门铃声，还能期待什么？

停留在麦城，更让我意识到：所谓旅行，更多的是关于无法停留的内心。

而生活的真相便是，我们有时候突然想上路，有时候又想停留。有时候想要一个拥抱，有时候又转过身想要拥抱世界。

我清晰地记得在肯尼亚私人保护区的一个晚上，我的帐篷纱窗上落

了一只漂亮的粉红色蝴蝶，我不忍把它赶走。第二天清晨当我撩开门帘时，却发现只剩两片薄薄的翅膀散落在地板上。

所有的美都是因为未知。谁知道玛尔沙明天醒来，会发现自己在哪一只鞋子里。

只有去这么远的地方才能稀释我自己。

南非 ：不完整的天堂

老王子

2014年年初，当欧亚大陆东边儿那块弹丸之地快要把我吞没的时候，我来到了非洲大陆的最南端。

2013年下半年，我几次有限的出行经历都蒙着不愉快的阴影，而到了去南非的前夕，这次旅行——这次一半是工作一半是玩的旅行，几乎已是我生活里唯一好的事情。

在之前，我只去过柬埔寨和日本。南非比起这两个地方，简直遥远得像外星球。

这次旅行是和一大帮人一起。我们均是受雇于一家大型汽车公司的各类代理商，我们将要陪同车主中高尔夫球赛的胜出者去南非和全世界的车主比赛。车主们，简而言之，都是土豪；代理商们，简而言之，都是“苦逼”。我们举着带logo的小旗子，穿着连帽衫，拉着沉重的行李箱，迷茫地站在浦东机场的人流中互相确认。大多数人都是第一次见面，彼此都谨慎地端着架子，互相打量。接着我们谈论南非的天气，抱怨球服设计得是多么难看，行程的规划是多么不合理，最后我们打听彼此的职业，猜测彼此的收入，成功地混熟。就这样，一行12人乘着闹哄哄的飞机在晚上8点多降落在了中转第一站，香港。

在香港度过的三个小时里，我们说完了所有能说的话。冷场了无数次之后，终于登上了前往约翰内斯堡的飞机。而这班飞机的内部已然开始不像中国人。外籍的机长，乘务员站在舱门口，一些面容憔悴的白人和目光炯炯的印度人已率先坐定了，他们警惕地望着我们，仿佛在问，你们是谁？你们为什么要去南非？

在浦东出关的时候，我也曾被边检这么问。

去旅游，我说。

为什么要去南非旅游？那个边检的脸上挂着可疑的笑。

在我支支吾吾的时候，领队冲过来说，我们都是一起的，一起去旅游。

只有去这么远的地方才能稀释我自己。

到达之前的一个小时，我醒了过来，看着舷窗外成片的云彩，若隐若现的青山、草地、农场，想着一万公里以外的中国，想着我从未离它如此之远。

约翰内斯堡机场没有任何第三世界的味道，这完全是个发达国家。和你说话的黑人职员总是喜欢摆动身体，发出响亮的笑声，即使他们是在拉你开箱检查。来接我们的导游小梁，是个北京小伙儿，来南非已经17年，接下来的一天，他要带我们走遍这个“比里约热内卢还乱的地方”。

第一站是比林斯堡国家公园。据说这里是非洲第四大野生动物自然保护区。但七拐八拐到了门口之后，我觉得这就是穷乡僻壤里的一块土坡。

去比林斯堡的路上，有有钱人住的别墅，也有穷人住的“冬凉夏暖”铁皮屋；有钱人都待在车里，时不时从窄窄的路口冲出，向着直直的马路奔驰而去；穷人们都是黑色的，他们穿着廉价的花花绿绿的衣服，在路边的椅子上坐着说话，或者在土里慢腾腾地走。

“南非当地的衣服非常便宜，因为都是我们中国人造的。南非的贫富差距非常大，最有钱的是黑人，最穷的也是黑人。”小梁用京腔解说着，时不时会念错一两个字的读音，但没有人出来纠正他。他15岁离开中国时还是个差生，到了南非就变成了全年级第一，他第一个女朋友是白人，他第一辆车是大众高尔夫，他是旅游专业的硕士，他和当地华人黑帮的二当家是朋友，他现在开着一辆老款宝马3系，他的家在约翰内斯堡和比勒陀利亚之间。在了解南非风土人情的同时，他用自我告白成功获得了我们的好感。

站在公园门口等待入场的时候，又来了三辆旅游大巴，下来的居然全都是中国人，我们彼此打量着，都忍不住笑骂了起来。我清楚地听到一个男子说："这他妈是上海野生动物园啊？"

是的，这里被中国人占领了，我们骄傲地使用着这里的厕所、凉亭，我们用蹩脚但自信的英文折磨着售票处的黑人少女，我们举着相机对准远处的长颈鹿和羚羊，我们大声说话，互相问候，把公共水槽的水龙头开大，然后把水抹在自己的脸上、头上。后来，一对开MINI的白人夫妇把车停在我们中间。但他们很快就被这种曹杨路菜场式的嘈杂吓坏了。这会儿不过早上10点，他们愣愣地坐在车里，把车窗摇下来看着我们尘土飞扬，一直到我们驶入公园大门，他们也没有挪动一寸。

所有人都渴望着看到狮子，或是大象。小梁自信满满地忽悠着我们，仿佛这些动物都是他的亲戚，一看到他就会围上来。但没有，当时间一点点逝去，人们意识到这里实在是太大了，我们行色匆匆什么也来不及看。我们曾看到了一些角马、斑马和长颈鹿，在远处的湖边看到了一些汤姆逊瞪羚和大羚羊，有人把3公里开外的一些棕黄色黑点说成是大象，也有人在树荫里看到了珍贵的白犀牛，但狮子、豹子，或者是野牛之类的草原明星，都没有出场。"每次星期二来的时候，我们就什么也看不到。这像个魔咒。"小梁悻悻地说。

动物园的山后面是一个叫作太阳城的大型度假村，它位于大约翰内斯堡地区的外围，里面包括了星级酒店、赌场、人工景点、餐厅、高尔夫球场。事实上，你能在任何一个热带国家找到类似的地方。一路上，小梁关于约翰内斯堡治安问题的论调把这些中国游客都吓坏了，他们走进太阳城之后，询问的大部分问题都是关于如何不被抢劫的。最后小梁告诉大家：太阳城只被抢过一次，最后劫匪在下山的时候，被太阳城自己的武装力量统统击毙了。没错，这里是有自己的武装力量的，所以请放心吧，同胞们，在我们唐人街，我们华人也有自己的保安队，都是从伟大祖国招聘的退役武警，月薪一万兰特，战斗力高出一般人数倍！放心吧，同胞们！这里附近的兵力有一个师！一个师！

在南非，你会从各种各样的当地人口中听到一种类似的论调：自1994年以来，南非的发展一落千丈。

由于大批的黑人在1994年之后涌入城市，带来了巨大的社会问题。

“可没办法，不是吗？”一个在高尔夫球场上跟我们聊天的当地英国后裔说，“这个国家80%都是黑人，当时他们还都没有受过教育。由于种族隔离，过去他们连海都不能看，他们太惨了。可他们在能看海以后，发现还要吃饭，还要钱，于是只好端起了枪。”

“经济现在也不行，科技也不行了。过去1兰特值两元人民币，现在1兰特换6毛。”在德班接待我们的另一个中国台湾女导游这么说。

那时我正在德班的黄金海岸，对着风平浪静、据说从未在此闹过海啸的印度洋放空。

我看着海滩上自由嬉戏的人们，看着他们黑黑白白地混在一起，觉得这也没什么不好的，没有受过教育也没什么糟糕，还是能看海比较重要。

这些人，这些南非的当地人，他们一周领一次薪水，往往工作完一周，人就消失了，钱花完才会再回来。他们自由得糊里糊涂，仿佛有用不完的时间。他们年轻时有着标准的身材，英俊的面貌，中年以后，无论黑人白人男人女人，都像吹了气一样地发福。

远处的海水里，一个挺着大肚子的中年黑人，正把他两个结实的孩子不断地往深水里扔，让海浪冲刷他们。俩黑小子尖叫着，被浪头推回来，又被扔出去……快活地重复着。

更远处的洋面上，只有零星的捕捞船，水也蓝得吓人。白云之后的天空仿佛无穷无尽。

在德班，我们下榻在北郊的费尔蒙酒店——上海的和平饭店也属于费尔蒙集团的一部分。它内部的风格和和平饭店类似，都有着古典的气息，可要比和平饭店大得多。这是个依山而建的大庄园，有18洞的高尔夫球场，有朝着大海敞开的餐饮娱乐区，有各式各样的别墅、景观……高大而温顺的黑人服务生们开着高尔夫球车，沿着细长的山路飞快地穿梭，猴子、小鹿、羚羊常常不经意地在路边的草丛里出现。

我的工作是陪着这些选手们打完两天的高尔夫球赛，这将是个艰苦而漫长的过程。之前，我是个对高尔夫球一窍不通也毫无兴趣的人。经过了这个过程，虽然我还是对它毫无兴趣，觉得这就是个烧钱的无聊弹珠游戏，但我总算弄明白了一些专业术语——可又有什么用呢？我不过是在自己的屠龙术清单里又画下了一个正字。

球赛这两天是极其无趣的两天，一切都是程式化的，可你又不得不紧紧地跟着那些程式，不能错过任何一个时间。

每天早上，我7点起来，瞪着被时差弄得通红的眼睛，到烈日下的球场上，跟着各国土豪们瞎转悠，看他们穿得花花绿绿，戴着墨镜和帽子，挺起浑圆的肚皮挥杆，然后把那个小小的白球打到沙坑里、水池里、甘蔗林里，甚至裁判的身上。而一旦有人竟能将球击上果岭，我则跟着大家一起发一声喊，是为祝福。

白天，顶着晒伤和汗水，我们围绕着这些业余球手。我们是年轻的记者、高大的摄影师以及各种奇奇怪怪的工作人员。我们在树上、草丛里、水塘边……我们涂着防晒膏抓拍各种动作，摄录各种声音，按规定鼓掌，恰到好处地朝着球的落点处奔跑、欢呼。我们是那么有活力——如果有一个第三视角的上帝此刻俯视球场，他会发现，我们这些人倒个个身材健美，动作迅速，比起场内的那些弥勒佛们更像运动员。

晚上，带着被这个奇怪运动折磨得有些不正常的神经，我回到了酒店的房间，左思右想不是办法，我需要把所有的资料传给中国的某个还在等我资料的“苦逼”，而在酒店的网络坏了三次之后，我只好坐在窗台下看星星。

越看星星越想不通，为什么中国的某些人，在离我6小时以前的时间，万里之外的空间，却想要了解一场乏善可陈的业余高尔夫球赛？

我想到南非作家库切在《青春》里写道："如果明天大西洋上发生海啸，将非洲大陆南端冲得无影无踪，他也不会流一滴眼泪。"我想着想着，心有戚戚，觉得如果明天德班发生冰雹和雷电，把我等全部击毙，在中国的人们想必也不会流一滴眼泪。

经历了两天毁灭人生观的忙碌之后，比赛居然结束了，而且还有个五味杂陈的结果：中国人赢了。没错，和世界各国土豪的高尔夫比拼，中国人赢了。

中国人一直是这么做的：我们形迹可疑地出现在世界各地的各种竞技比赛上。我们沉默，压抑，英语不好；我们跑得快，跳得高，但长相和气质不好；我们混迹在那些找乐子的老外们中间，是唯一把比赛当回事儿的队伍。我们像我们一贯表现得那样无趣：来了，比赛，然后拿走金牌。有人欢欣鼓舞，觉得中华民族已经崛起了，有人提起了2008年北京奥运会，热泪盈眶，在德班安静的天空下喊"中国队加油"，有人把国旗插在帽子上，拿着啤酒和每一个老外合影。

后来，在酒会上，在举杯时，看着那些莫名其妙欢腾的黑人原始舞蹈，呼吸着热闹而压抑的空气，我连厌恶的力气都没有了。

从南非回来之后很久，和朋友一起看电影，电影里出现了唐人街，又是热闹的舞龙，嘈杂，令人头晕目眩的红光，还有一群群貌似兴高采烈的人。一下子就又想到了在南非时的那种恶感。不知为何，我国多数人民总有一种不竭的世俗热情，也极其擅长把云端的事物拽入尘埃，我们像是一种强烈的染色剂，即使是到了非洲这么遥远的地方，也能把周遭的一切烙上中国印。这种东西塑造着我们也毁灭着我们，它像是德班那家中餐馆里挥之不去的苍蝇：一开始我们不停地驱赶它们，最后我们发现它们早已是餐馆不可分割的一部分。

所以我对玛瑞说：人生苦短，不值得喝烂咖啡，不值得被不同路的人打扰。

哈得孙河以东，威尼斯以北

王泽

夜幕降临的意大利东北部山区，我和玛瑞、西莫一起送走了难缠的客户，驶出公司的大门，往贝鲁纳镇上开。客户总是难缠的，全世界都一样。因为负责设计时装配件产品，我常常往返位于纽约的公司总部和位于意大利的分部——设计中心和工厂。早前有人给我算命，说有一匹驿马就是远游他乡之命，而我命里有两匹，所以迢迢地旅居在美还不够，还得满世界飞奔。意大利，一去至少两三周，赶项目的时候，常常意大利待三周，回到纽约一周，再去意大利三周。项目再棘手，客户再难缠，每次起飞的时候想到意大利有玛瑞和西莫一起拼，就觉得没什么大不了。

玛瑞是个高个子灰眼睛的漂亮姑娘，本科学的是中文，在杭州生活过一个学期，会讲中文和意大利语之外的数种语言。我问她跟公司的中国厂家联系是不是会用到中文，她失望地摇摇头，但是得意地又告诉我，没人知道她会说中文也好，因为可以在跟厂家开会的时候听懂他们的窃窃私语。玛瑞说，只有我有时跟她说中文，所以她要勤加练习，在微信上只用中文商量工作。

意大利分部在威尼斯以北一个小时车程的山区，从设计中心的窗口抬头一望，就是巍峨的阿尔卑斯山南麓——多洛米蒂山脉，终年积雪的山顶总是在碧蓝的天空下熠熠发光。玛瑞住在山腰上，从远处看一片童话般的村庄，点缀在山腰的绿色中。而公司的另外一侧，则是一面明镜般的圣十字湖，倒映着一年四季的雪山风光。我笑她生长在天堂却只想着去周游世界，她笑我工作在纽约却爱这个偏僻的山区。

旅店的早餐简单却美好得令人受宠若惊：家制的酸奶、软奶酪、面包、果酱、老板娘亲手给剥的煮鸡蛋、一小杯鲜榨橙汁、一小盘隔壁肉店进的本地火腿、一杯浓香的卡布奇诺，临走还塞给我两个连枝带叶的小橘子。我在意大利做过的项目一个赛一个地棘手，每天至少16小时的工作强度让人焦头烂额。每天早上吃早饭的时候，我都会沉浸在健康美好的食物中，花1分钟的时间怀疑，我是不是为了这样的早餐一而再再而三地来这里的。

店家的外甥女当值，名叫安吉拉。二十多岁，黑色短发，明亮的黑眼睛，利落干脆，推荐配菜的酒时总是胸有成竹地不容你改主意。她叫我dark lady——暗黑女子，和她一样。由于我来的次数太多，我们已经很熟了。我常常饥肠辘辘地偷溜进厨房，要求她按伙计们吃的给我来一套。她对此很不以为然，嗔怪我没有吃品，定要遵守待客之道，在食材上再多加点儿什么才摆出来。早饭她只管做咖啡。她把卡布奇诺的奶泡打得高高的，溢出杯子来，还要怪我每日咖啡摄取量太低。姑娘，你这样怎么行?

从旅店出来，是镇上的主干道罗马街。我怀疑是不是意大利的每个城镇都有这么一条街，每一条都像谚语中说的那样通向罗马。新城区的街边是几家服装店，摆满新鲜面点的面包店，一家挂满了火腿、香肠和奶酪的食品店，一家自助洗衣店，一家小药店，再就是镇政府的小楼以及几座院子里长满了郁郁葱葱亚热带植物的别墅（为什么在北方山区

长棕榈树，我也不清楚）。还有一条向西拐出去的柏油大道，上坡延伸到山里，总有骑山地车的人经过。如果继续沿着罗马街一直向北，就会在镇子的北端穿过一片历史遗迹——整排近千年的漂亮的楼阁，斑驳的小城堡，还有标示着公元前罗马帝国年代的破败的堡垒。汽车从建于13世纪的拱门穿过，缓慢地轧过石块拼就的窄小街面，略陡一些的另外一条岔路就只有行人，一个老妇牵着一个顽童的手，背影映在夕阳下历史的影子里。

旧城和新城就这样比肩而立，中间有座半新不旧的小广场——意大利的城镇可以没有别的，但是一定有酒馆和小广场。周末天气好的时候，附近的农户就在小广场上搭起摊位凑成一个生机勃勃的小市场，吸引镇上的居民来购买时鲜。如果是午后出来逛，我就在街边洗衣店旁边买一只冰淇淋，再到马路对面的小书店里寻找仅有的几本英文书，在新旧镇子交接的小广场上有一家小咖啡店，兼卖三明治和彩票。

坐在咖啡店外，看得到阿尔卑斯山脉南部的多洛米蒂山麓从这里开始缓缓上升，近处的坡地上是成片的葡萄园、橄榄园，坡顶矗立着尖顶的教堂和教会拥有的古老瞭望台，远处可以望见多洛米蒂峻峭的山峰和冰雪皑皑的峰顶。

我低下头，看看草图本上草草画出的几个新的方案，有一种极度真实以致完全不真实的奇妙感觉。这个项目是我从纽约带来的。作为公司新成立的创新工作室，我们正在与世界上最大的公司之一合作，设计一款结合最新高科技和时装配件奢侈品的产品。公司决定安排到意大利分部来做生产，几乎是不合理的——意大利分部的生产能力与更加新型的亚洲厂家比相对落后，也因此效益不佳。这个决定是出于帮助扭转意大利分部经济状况考虑的。我知道，这是一个传统的制造行业在被挑战的如今必须要迈出的一步，意大利山中安逸的节奏就要被来自硅谷的新生意打乱了。而我，正处于新旧交替的不明地带，试图用手里的设计草稿去说服各种充满了经验也充满了陈规的部门。可是，再抬头看看那山，经过了几千年历史的新新旧旧，应该也不怕这点儿小小的震动吧。

一个再古老的地方，再传统的行业，也一定会有新的人，新的风格、性情、想法。我知道玛瑞就是。在公司里，她的才华未被重用，直到这次我突然带着项目空降到设计中心的工作室。对这个项目不怎么看好的一位老板把资历最浅的玛瑞带到会议室来，说，你先跟着帮忙吧。

一开始还有些拘谨的姑娘，几个会意的眼神交流之后，很快进入了状态，开会的时候一直一丝不苟地记着笔记，几天之后就整理好了厚厚的文件夹，把细节全部归类分析得清清楚楚。后来玛瑞悄悄告诉我说，项目搞起来之后好几个同事跑来问她，为什么这个特殊的项目没有交给他们，而是交给了她——他们嫉妒呢。

玛瑞笑着说，对我眨眨眼睛。

我特别明白。几年前开始为其他项目跑意大利的时候，曾经有同事特别同情地对我说，你要惨了，一去那么久，我们过去三四天就闷死了呢，那地方什么都没有，意大利人也不理你，没人跟你说话。

我当时就觉得“意大利人会不跟我说话”这个句子从语法上似乎就有问题。到的当天，我把从美国带来的夏威夷坚果巧克力往设计工作室的公用会议桌上一摆，有二三十个部门的同事来吃巧克力顺便跟我致谢打招呼。话题从巧克力说到意大利当地的一种坚果巧克力的味道，到吃喝玩乐种种。三天之内我以吃货的名声在全分部同事面前混成脸儿熟，午饭时间各部门同事推门探头进来邀请我去各种不同的餐馆。

设计部有一个娇滴滴的小姑娘安，长得修长苍白，一开始的几天都在忙图纸，时常因为压力眉头紧皱，没有怎么讲话。后来她特意过来跟我解释，实在是自己英文说得不好。

我笑，我的意大利语比你的英语差多了！

她就腼腆又开心地笑起来。隔日，无声无息地端了一大盘自己做的提拉米苏来，还不好意思直接请我吃，要大大咧咧的小帅哥亚历山德罗来解释给我听。那是我吃过的最美味的提拉米苏。

与意大利合作上架了一个高端品牌，并一举名列销量榜首之后，我在纽约的同事开始对我经常地去意大利出差表示出了兴趣。

你住在哪家酒店啊？

就是公司旁边镇上的那家小旅馆啊。

你是不是每次去都可以公费旅行啊？

没有公费，要旅游也是自己用假期呀。

意大利人对你友好吗？

好得要命啊，连骂人话都教我了，哈哈。

如此，那些人就会特别不解地看看我，觉得我完全不可理喻。所以我对玛瑞说：人生苦短，不值得喝烂咖啡，不值得被不同路的人打扰。

周末的早上，我从旅店出来，去坐火车。火车站离旅店只有5分钟的步行路程，穿过小小的城市公园，路过公园里在秋千上接吻的铜像。小巧的火车站几乎没有什么人，一个孤零零的窗口，后面也总是没有人在。我在自动售票机上买到往返的车票，然后在打票机上打上本日的戳子，就走去站台，等火车从山谷里驶出来，站台上往往只有女人。

在意大利我总是一次一次地发现这国家充满了女人的现实——高挑的、美丽的、时髦的、自信的、气场强大的女人，年长或年轻的，穿着高跟的靴子，合身的外衣，腰杆挺得笔直，即便是一手牵着孩子，也从不乱掉方寸——连她们手牵的小孩子，也多是打扮得整齐得体的小姑娘。

跟德意志国家满街都是帅气的男人不同，和美国男女一样都邋里邋遢的感觉也不同，意大利的气质似乎就是女人的，从传统的持家老妈妈，到如今全职工作的新女性，每次让我注意到一个路人，都是好看的女人。

从小镇到威尼斯只有45分钟的车程，一路向南，路过的风景是意大利东北部的郊野——一片一片不规整的农田，排布略微杂乱的红顶农房，农田中间稀疏的树。背景的山丘间有薄雾，农房烟囱冒着炊烟，如果不是一再掠过眼帘的教堂和远处山丘上的中世纪堡垒提醒我，这景色与华北平原简直别无二致。

我对意大利的亲近很自然地来自于意大利与中国的相似。除历史、文化、艺术之外，意大利无处不在的那种有些乱七八糟但是自得其乐的状态，有点儿浑不吝的态度，那种特别接地气儿的不完美的现实感，让中国人觉得既熟悉又舒适。火车上总有几个人在说笑，大多是女人。我

喜欢听意大利语的抑扬顿挫，每个元音都要着意发音的毫不含糊，配合手臂挥舞、手指翻飞的情绪强化，让人好似在看一路免费的戏剧。都不需要明白她们在说什么，你就被那情绪俘获感染了，得聚精会神地跟上那节奏，惊讶、微笑、击节、感叹。然后一场戏刚偷听完一半，就见窗外出现了大片平静的水域，海鸥划过多云的天幕，落脚在根根木桩顶上。在这陆桥的另外一端，就漂浮着世界上最浪漫的群岛水上之城。

什么时候去威尼斯都是好的。6月底38℃的酷暑或者深秋阴寒的薄雨里，哪怕在刚刚被大水淹过的2月的圣马可广场，威尼斯总有特别的韵味。我循着美术史去瞻仰过教堂、美术馆、总督宫和现代艺术

收藏女神佩姬·古根汉的故居，也在岁月悠长的百年小巷中搜寻过现代建筑的只鳞片甲。两次赶上每年初春的威尼斯狂欢节，在夜半的小运河桥上偶遇鬼魅般戴着面具的路人。想起17岁的时候，曾经天真地跟当时的男朋友计划，用一个暑假的时间住在威尼斯，每日去各个宫殿和美术馆写生，可以画遍威尼斯的石雕、亭台、楼阁，临够大师的画作和雕塑。时过境迁，如今我最爱的却是丢掉地图关掉手机，绕开人群熙攘的恢弘经典，只在威尼斯的小街上尽情地迷路。

我和玛瑞一起迷路过很多次。她在威尼斯读的大学，住在岛上3年，至今依然会迷路。我觉得，威尼斯就是为让人迷路而建的。一个人迷路好玩，跟一个本地人一起迷路，然后大笑我们的路痴状况，就更好玩。我们俩在威尼斯的曲折中探险，因为这个地方的好，真的要靠慢慢地漫无目的地行走才能发觉。

一条小巷走到头，面前一堵铁栅栏门，扒着缝儿看进去，是一处私家小院。很小的空间，至多5米见方，中间一汪小水潭，四周郁郁葱葱的大株盆栽植物，遮阳蔽日地搭起一处别有洞天来。和威尼斯很多翻修的建筑类似，在古老斑驳的墙壁之间，主人用现代感极强的直线条金属材料搭建了座椅和茶几，简洁自然又颇有趣味。不禁令人感慨，这院子避开了游客如织的脚步，竟有些大隐隐于市的道家情怀。

还有一次，在一个艳阳高照的午后，发现自己走到了又一个死角，远处还有游人的说笑声，但是突然从头顶传出钢琴曲的乐声来。是在练《D大调卡农》吧，有小小的错处，但是又有何妨呢。抬头去找，猜是前面那家的二楼，绿色的窗板敞开着，白色的窗帘在微风中徐徐摇曳，弹琴的人在某处停顿下来，反复地试了几次，才弹过去。我也跟着轻舒一口气，抬头看看天，把头发扎起来，继续向前溜达。很久之后，我都会无比怀念那几分钟的聆听。我问玛瑞，威尼斯的住户是如何将笨重的钢琴给搬到二楼的？玛瑞想想说，不知道，估计是用起重机。

达·芬奇估计会笑死我们俩了。他10分钟就能信手绘出10种不同的滑轮结构，把钢琴或者大象吊到威尼斯排屋的2层和3层吧。你知道吗，我跟玛瑞说，达·芬奇根本不是个老头儿，那张自画像后来证明不是他，是他爸。

玛瑞说，真的吗？

我说，你看你，自己国家的文化历史啊！

她笑，可是我还写繁体汉字呀！

这姑娘可能真有马可·波罗的血统。

威尼斯这道永远不会令人疲倦的视觉盛宴，并不只在于那些著名的大餐。不用专门去拜访美术馆，去大运河上拍摄色彩鲜艳的排屋，在游客区鳞次栉比的小店里淘换中国制造的纪念品，只要在小巷里略一抬头，就能发现斑驳的窗板上新刷的绿色和蓝色底色之间漂亮的过渡；一回头，谁家门环上磨损的兽头正斜眼相看；小河道对面，正映在光影里的是邻家窗台上蓬勃欲出的一丛绿植，开着娇美的花朵。不用等狂欢节时专门去看盛装的游行，500年前修建的小广场上，围绕着古井台，是周末的蔬果卖场。俩人买一捧樱桃，在街边的古老水龙头下洗洗，就可以坐在树下，像古人几百年间做过的那样，慢慢地边吃边看小朋友奔跑嬉戏。一生一息，全都在生生不息之中——乱七八糟中特别接地气儿的意大利，才能有如此灿烂多情的威尼斯，才能有敢上手搞创作的艺术家撑起绚丽的文艺复兴。一板一眼的德意志文化好出数学家一般的音乐大师，擅长绘画和戏剧的意大利人靠的就是这视觉和情绪的敏感。威尼斯不是那个虚构传说中远游东方的马可·波罗的威尼斯，她是一代一代生息在此、编写出马可·波罗故事的威尼斯人的威尼斯。威尼斯的情怀，就是在如常生活里面，不断地寻找和缔造着小小的鲜艳的想象和创造。

项目进行到中期，我决定在回美国前休假两周。我先生骆同学周末从美国过来，我们俩在威尼斯机场租了一辆自动挡的电动标致车，准备在下面几天内把中期工作收尾，然后向北穿过山地去奥地利，再往西到德国和瑞士自驾一圈。星期一中午正在开会，突然接到骆同学的短信：车出问题了，求助。我赶紧打电话给他。这家伙去超市买东西，出来启动车子的时候车的电子系统完全停止工作，甚至刹车都不能用了，也无法换挡停车，只能靠手动刹车踩着，才勉强没有从停车场的小斜坡上滑下去。他短信我的时候，已经联系了租车公司，电话叫来了拖车的，正脚踩刹车，在停车场上不能动——拖车的老兄不会讲英语也不会讲德语，俩人比画着还是糊里糊涂。

我心说我过去也没用啊，于是拉上玛瑞：亲爱的，需要你出马了！

外头下着小雨，玛瑞这姑娘干脆利落地一顿指挥，大叔就签单把车拖走了。

我说，宝贝，太感谢了！这样吧，我们俩干脆就在马路对面吃比萨，你不是要回你妈妈家吃午饭吗？回来顺路再带上我回公司吧。

玛瑞摆摆手，别折腾了，你们俩跟我来。

这姑娘开车非常野，小宝马在雨天的山路上“嗖嗖”地拐弯，一转眼就到了她妈妈家开满鲜花的小房子。进门一股饭香扑面而来。玛瑞妈妈笑盈盈地用德语道歉，说准备太仓促都没有什么好吃的。再看桌上，自制的番茄肉酱意面，自家菜园里的蔬菜沙拉，简简单单却色香味俱全。

我跟骆同学不客气地吃了个够，玛瑞妈妈又端出火腿、面包棒、奶酪来。我从吃得干干净净的意面盘子里抬起头来，说，我有一个故事要讲给你们听。

60多年前，在遥远的印度新德里，外交使馆区的住宅小区里有一个六七岁的中国小姑娘。她是个淘气的孩子，而且是个吃货，经常偷偷溜到厨房里央求印度厨子给她品尝各种红通通、黄澄澄的咖喱，每每辣得眼泪都出来了，也还是按捺不住好奇。有一天早上，她想到去教会学校上学，不免又要因为干了什么坏事儿被修女老师拿尺子打掌心，心生一计。她跑去跟父亲说自己生病了，肚子疼，浑身上下都疼，不能去上学了。眼看计谋得逞，她就偷偷爬上后院的矮墙，目送父亲开车送妹妹去学校了，于是开始顺着每户间连接着的矮墙爬去探险。她在院墙上走了好远，肚子都饿了。这时候正好爬到一户人家的后院，见院子里种着西红柿，她就摸过去摘了几个偷吃。正吃得得意，突然被这家意大利人抓了个现行。小姑娘心想，这下完蛋了，肯定得被胖揍一顿，还会被交给父亲惩罚——当然，她完全没有想到邦交礼仪的大问题。谁想好客的意大利妈妈见她偷吃，想她一定是因为饿了，就把她带进屋，给她盛了一大盘意面，她吃得小肚子滚瓜溜圆，以致一辈子念念不忘意面的味道。

这个吃货小姑娘就是我妈。

你们看，当年一个意大利妈妈用好吃的意面招待了一个傻乎乎的中国小姑娘，今天，又有一个意大利妈妈用好吃的意面招待无处可去的我，我们家族的传统算是得以代代相传啦！

玛瑞妈妈在骆同学的德语和玛瑞的意大利语翻译下听懂了我的故事，立马起身去冰箱里取出自制的格拉帕酒，说，为全世界的意大利妈妈干一杯！

也许是受到我妈关于意大利面的记忆影响，在意大利的各种活色生香中，我最爱的是吃。威尼斯的吃跟她的建筑一样色彩斑斓、风味无穷，跟她的艺术一样横亘历史、源远流长。是来到威尼斯的人创造了威尼斯的吃。作为一座交通、贸易枢纽之城，早在数百年前，她就是中东、北非和欧洲的物产集散地，香料、金银器、手工艺品，当年的威尼斯帝国堪称世界中心，比如今的旅游之城繁华盛大了无数倍。其中，尤以那暴利的香料为最，当时的香料被百般炒作，奇货可居，利润可达数十倍。为了香料，走不通威尼斯帝国海域的葡萄牙和西班牙开始开发航线，开启了大航海时代，终于找到了印度，创立了东印度公司，甚至发现了新大陆。香料成了威尼斯商人无意中推动历史的微妙杠杆。时至今日，威尼斯的经济和贸易地位虽然不再熠熠发光，但是威尼斯人对食物

的追求依然高涨。

威尼斯地处水边，海鲜最好。有些餐馆甚至把冰镇的海鲜摆在窗口，让晚餐的主角直接出面招揽客人，颇似广东人把鲜活鱼虾养在大鱼缸里请客人随选随捞的趣味。在小巷子里溜达，饿了就凭直觉进一家店去吃。墨鱼汁染成的漆黑的意面咬劲十足，铺满各种虾鱼鱿贝的杂烩海鲜面鲜美香醇，有一种鱿鱼压制的大块“鱿鱼冻”似的东西，吃时切成薄片，浇上浓汁，胶弹爽口，可惜再回去找却再也找不到那家店了。

除了海鲜，威尼斯的食物也受到其北部平原甚至山区的影响，会用到其他物产作为食材。平原地区盛产新鲜蔬菜，比如被中文翻译为“落地球”的紫色花菜，在距威尼斯半小时远的特雷维索地区其实并不是球状的，而是肥硕的舒展长条状，味道略苦，苦中带甜。我住的旅店的餐馆老板喜欢用它做沙拉，配上生菜叶，还有用红酒炖过的又软又甜的葡萄干、火腿碎和松子，是冬季的必食前菜。平原的菜肴又有各种肉排，配上山区的野生蘑菇，鲜美无比。而山区的食材里更有野鹿肉、兔肉以及各种软奶酪——与我们熟知的典型意大利南部口味完全不同，意大利北部山区接壤的国家比如奥地利、德国和瑞士，吃法上更加偏向于采用山区的奶酪、肉食、白酱，只是意大利的传统和物产丰厚又让这里的食物比山对面的德餐美味、精致、丰富很多。在威尼斯的餐馆里和女主人的餐桌上，可以吃到融合了附近食材、烹饪技术的各种风味菜肴。

玛瑞在狂欢节期间专门带我去全城最著名的甜品店买一种填满了轻润奶油的泡芙。还有小酒馆式的小吃店，黑黢黢的室内，暗灯光，旧吧台，吧台上方挂着各种奶酪熏肉，柜台里面摆了几盘小吃样品：蒜烧茄子三明治只有手掌一半大小，一小碟橄榄，三两片本地奶酪。两三欧元一样，每一样都鲜香诱人。来几碟，再配一杯红酒，就能心满意足。

吃的最好的一顿比萨，是在所住的小镇上。那时才刚开始跑意大利不久，一个周末我因为咳嗽没有出去玩，而所住旅店的餐厅周日又关门休息，中午时分，我从床上爬起来，饿得头重脚轻，于是走出旅店去找吃的。前台给了我一张小镇的地图，其实不看地图也没关系，小镇的主要街道就那一条罗马街。2月的午后白亮亮的，风很大，我裹在超厚的大衣里面，一路咳嗽着去觅食。下午两点，又是周日，店几乎没有开的，找了半天找到一家开着门但并不在营业的酒吧，就走进去，用我极度不标准的意大利语问，午餐的有?

一位看似店主的可爱老头儿摇头说，no！又叽里呱啦地说了一大串意大利语。

我只好再用现学的意大利语说，意大利语我的不会说，sorry!

他却完全不领会似的，一边引我出门，一边继续大声但友好地叽里呱啦着，一直把我领到楼下的小门，推开门，冲空无一人的屋里喊了一串什么。立马，一个伙计从后头跑了出来，期待地看着我。

我弱智无比地再次吭哧出“午餐的有”这句救命的话来。于是伙计递给我一份比萨菜单，示意我随便坐。我在小餐馆的窗边坐下，翻开只有两页但是密密麻麻至少印了100多种比萨的菜单，拼命想从一排一排的意大利语词汇中猜出那种种食材的意思。经过了3分钟的努力，我终于选定了一定不会错的一种：prosciuttoefungi——帕尔玛生火腿加蘑菇。

帕尔玛生火腿是我第一次吃就深深爱上的一种意大利火腿。这种东西产于帕尔玛地区，要用精心养殖的猪（据说要喂奶酪）的肉，肥瘦相间，靠山谷中特别的冷风来阴干，而所用的盐也要是浓度在4.5%～4.7%之间的海盐，腌制和风干的过程短则9个月，长的要两年。

这种火腿食用时切成薄如蝉翼的细片，味道咸而鲜，入口即化。我特别喜欢的一道菜是无花果顶部切十字、填入羊奶酪，将火腿片裹在无花果外烤至微焦，果的甜和软、奶酪的浓香、火腿的咸鲜和焦脆都在一口中慢慢溢出，是让人立时沉醉的享受。而另一道每到意大利必点的小菜，是帕尔玛生火腿配香瓜，甜的瓜和咸的火腿，互相提携，更加美味，是一种令人叫绝的相得益彰。

因为那菜单上能够认全的也没几样，一下子见到我最爱的火腿，又明知这里是山蘑菇的产地，我这个平日见了蘑菇就两眼发光的蘑菇狂人，立马胸有成竹地点了一大份帕尔玛生火腿加蘑菇比萨。

想必是饿极了，那个比萨吃得我嘴角流油，口舌生香，半个下去，已经满血复活。大约也是午后阳光的缘故，也可能是那天的冷和室内的温暖，病中异乡的多情，或者，是那个专门为我开炉、现烤比萨的伙计确实很帅很可爱。那个比萨吃得我热泪盈眶，为自己独自出来找食，稀里糊涂找到了还点了这么好吃的东西的英勇和智慧感到无比欣慰和鼓舞。

那个冬天的意大利，我认识了新的工作伙伴，学了零碎的新词汇，数十次走过那几条800多年前修建的圆石小路，完成了一个被无数人认定不可能完成的项目。后来很多次在需要紧急去意大利的时候，生长在多洛米蒂山区、近20年才定居纽约的大老板会看着我说，要不，你再去一趟?

我总是毫不犹豫地回答，成啊。

被太多纽约的同事抱怨过出差的大老板会追问一句，你真的愿意?

我就会给他一个意大利式的耸肩、摊手，why not?

作为一个出身美食国度的吃货，我难以避免地被意大利这个美食国度的吃食收买了。我美其名曰美食背后有着丰富而充满意趣的人性——好像我本不是被口舌之欲俘获，倒是因人文修养倒戈似的。同事和每次去住的旅店都看透了我。旅店的姑娘安吉拉总是在傍晚见我回来的时候，追一句，7点半开饭哦！

我点菜犹疑不决之时，她叹口气，别装了，你能吃得下的。

我也因此毫不把自己当外人，饿了就溜达到厨房里去，东摸摸西瞅瞅的，看到人家厨师组吃的什么，也死皮赖脸地问安吉拉要。

某个初夏的晚饭，在露台上，安吉拉大包大揽地给我点了沙拉、生牛肉塔塔和甜点，我一边吃一边查手机邮件，没一会儿，发现手机没电了，翻一下提包，想起来今天把充电线忘在了工作室的台式机上。晚上还要跟纽约开电话会议。我问安吉拉，有没有多余的线借给我用一下。她跑到其他客人桌前帮我问，我对面那桌的两个男人真的有，就把手机插过去充电。

一会儿，那两个男人转身看看我，说，要不，你过来一起坐吧？

我看看盘子里吃了一半的甜点，我都快吃完了。

两人中瘦瘦的男人说，拿过来嘛！

我想起刚才饭馆的大厨兼半个主人，也是安吉拉的舅舅，还坐在他们俩桌前一起喝了一杯，想来是本地的旧相识，便也不忌，挪了过去，谢他们俩借我充电线。

瘦瘦的男人大喜，哎呀，这年头儿，你这么大方的姑娘不多啦！

聊天才知道，他们俩多年前在意大利西北部买了个葡萄园，办了自己的酒厂，常常驱车去各地给客户送酒，这次就是来这家送酒的。因为常来常往，跟安吉拉一家早成了故交。瘦瘦的男人安东尼是意大利人，胖一些的克里斯托则是瑞士人，来自双湖之城因特拉肯。

我一听，说，太巧了，我正在计划自驾去瑞士玩，因特拉肯是一定要去的。

克里斯托本来没有安东尼那么能说会道，但是说到家乡就来了兴致。就着桌上两瓶红酒，他把整个双湖地区给我介绍了个遍，教给我一定不要走哪条路上山，坐盘山火车要赶早，山上的某个小村庄有极好吃的鹿肉香肠，另外一个小镇有野生的蘑菇干，赶上了一定要买。等我的手机充好了电，我的整个瑞士之行也计划好了大半。

玛瑞说，我这种在陌生的异地跟陌生男人喝酒聊天的举动属于疯了。

我说，能被泼辣的意大利姑娘说“疯了”，我给中国姑娘争脸了哈——不过就是聊天，我都没有喝酒，能怎样？

玛瑞说，你再这么下去，会变成疯子路易莎。

刚开始到意大利跑项目的时候，有一天跟同事一起去附近一家大家都会去的饭馆吃午饭，吃到一半的时候，一个从未谋面的女同事带风而来。高，瘦，小小但棱角分明的脸颊，配了极短极利落的短发。她在我旁边坐下来，在大家的询问下开始手舞足蹈、飞快地讲述工作上的麻烦，讲了几分钟后，突然停下来看着我改用英语说，你是那谁吧？

我说，是。

与她握手，才知道她就是早有耳闻的路易莎。认识了之后，她把我和我手里棘手的设计项目对上了号，就问我要不要跟她一起喝一杯红酒舒缓一下工作的紧张。

我说，不了，其实我对酒精过敏。

路易莎无比震惊地看着我，大声地说道，这样啊，那我希望你至少

享受性爱哦！

我完全无语满脸黑着。她四下看了一圈所有傻在当场的同事，轻松地解释道，人生两大享受，酒精和性爱，你不能喝酒，所以我希望你至少享受另外一样，不然人生就太无趣啦！

我很快爱上路易莎，每次出差即便不与她合作，也要专门排出一餐来与她聊天。我恨不得将她的泼辣、直爽和幽默感一起装在一只红酒瓶里，随身携带。正是这王熙凤般常常让人哭笑不得的路易莎，工作起来是无比精准、严格，分毫不差。从和她以及其他同事的合作中，我发觉意大利北部的文化融合了山那边的德意志民族的精神，与意大利南部单纯的热烈和懒散截然不同。本地的传统工业是精加工奢侈品手工业，全凭着一代一代的勤劳智慧和对超高品质的追求完成。

也是因此，我对项目的进展总是放心的。每次离开的时候，把设计图交给玛瑞、西莫和路易莎这样的同事，我都知道它们落入了值得信任的人手中。虽然如今的意大利工业状况如日西沉，厂房的设备甚至不如某些东亚的大厂，技术上也不再领先，但是只要是需要有“人”来掌控的产品质量，意大利人依然履行着最高的标准。

我跟这些同事们学了意大利语的基本词汇，

腼腆的小姑娘安柔声教给我“晚上好”和“晚安”的区别，亚历山德罗教我“早饭”“午饭”“晚饭”，西莫教我“我饿了”“吃饱了”，安东尼奥教我当地土话骂人。在意大利，我被火车站遇到的陌生女人送过站，也帮火车站遇到的美国姑娘指过路；在镇上的小书店买书没带够钱，书店老板连比画带说地告诉我差几欧元不要了。

我喜欢装作半个本地人，带来访的客户和同事去逛威尼斯，指给他们看哪家店的提拉米苏好吃，坐船绕到游人稀少的居民区去吃正宗的墨鱼面后，捧着肚子望向午夜的亚得里亚海和岸边停靠的渔船。

我吃了人家的饭，走了人家的路，不怕口音难听努力说人家的话，就觉得自己也可以算是一分意大利人。意大利的主人待我也省心，我什么都吃，吃得多吃起来就赞，他们就知我一定不会挑剔，一心是欢喜和爱他们的。这大概也是旅行看世界，甚至人生一场的一点儿意义。

项目快结束的一天，突然在纽约接到来自意大利的电话，是设计部门的同事。安东尼奥告诉我，有一个坏消息。我一惊。安东尼奥告诉我，小姑娘安突然去世了。她患有癫痫病，本不该自己独住，最近从父母家搬出来刚几个月，就……

我哽咽了半晌说不出话来。

产品发布会，我安排玛瑞和西莫来纽约参加活动。见面我们紧紧地拥抱，互相亲了左右脸颊，眼中都噙着泪水。我知道我永远都不会忘记意大利语的“晚安”，每次吃到提拉米苏的时候，都会想起她害羞地用磕磕巴巴的英语对我说，这是我自己做的。

意大利的同事，已经成了我的朋友和家人。意大利北部山区的小小的城镇，成了我命中两只奔跑不息的驿马可以安心歇脚的地方。安就好像一个可爱的小妹妹，短暂的相逢之后，留下了温暖美好的特殊印迹。

这是玛瑞这姑娘第一次到纽约来，走在街上她不停地拍照。发布会当天，我们俩不约而同穿了相似的黑白花纹的连衣裙，当街自拍，发到微博、微信、Instagram上去。这个“该死的”项目，终于出了成果，整

个系列的产品，是曾经被公司里的很多人预言不可能实现的计划。只有我们亲手将产品磨出来的核心团队，才最清楚这一年多以来的艰辛。一夜之间，一家老牌时装配件公司，与世界上最新的科技一起被写入了新闻。我们不但以产品推出的时机击败了多年的竞争对手，而且抢占了市场的巨大先机。本来对此不以为意甚至冷眼旁观的高层，这时候纷纷跑来找项目组，希望能拿到一些样品送给自己业界的朋友。

发布会之后，回到公司顶楼的样品展示间，往南直面帝国大厦的尖顶，往西可见哈得孙河的滔滔流水，让我想起白雪皑皑的多洛米蒂顶峰和波光粼粼的圣十字湖。

我问玛瑞，终于到了纽约，感觉如何？

她说，好想留下呢！

姑娘，你这么年轻，世界这么大，都是你的呀。人生有那么多的叵测，而且有那么多的精彩，why not?

旅行者的故事

郭珊

之一·吉他浪人渡边先生

那吉他像是抽烟一样，不时呼出一团团云雾状的和弦，须臾间便由盛而谢。一声弦动，一地樱雪。

那是一个天地如洗、草木葱茏的新世界。雨后的风正把流浪者的哀愁，像尘埃一样吹散在来时的路上。

大约有几分钟，我们什么都没有说。那是下午光线刚开始转暗的时候，能听到淅淅沥沥的雨声。

他坐在床边，低着头，认真地用一支铅笔在白纸上画画，窸窸窣窣的。身材高大的摄影师端着相机，猫着腰，对着他左旋右绕，偶尔按两下快门，样子像一只在草丛中匍匐前进的猎豹盯着一只羚羊。

先是一个尖耸、狭长、形如哥特式塔楼的三角形，两边分别添上一排对称的射线……起初，我以为他画的是一个图腾或者建筑，直到他在三角形的腰部画上一根直线，注明一个“根”字，我才明白，他画的其实是一棵几何形状的树。

他在那些呈鱼刺形状排列的线条之间，写上“金钱”“家庭”“工作”“健康”“教育”等字样，又在旁边的空白处写了一个“枝”字。他抬起头来，微笑着用生涩的中文跟我解释，大意是：如果把人生比作一棵树，那么这些对他来说，都只是生命的树枝，虽然重要，但并不是非要不可的。

接着，他在“根”字旁边画了一个箭头，指向一个“枯”字，紧跟着又画了一个箭头，指向一个“死”字。

我问他：“对您来说，什么才是不可舍弃的‘根’呢？”

他眯起眼，望着我身后的某处，很长一段时间默然不语。隔了好一阵，他才答非所问地在“死”字的旁边写下两个字——空虚。

然后，他把那张画着“生命之树”的纸夹在几页个人资料和音乐会曲目单之间，郑重地交到我手上。

他是我入行以来专访过的第一个外国人，一个声称自己不属于任何国籍、民族、流派的日本音乐家。那时，他大约五十岁，一直在中国及周边国家和地区流浪，离开日本已十多年，一次也没有回去过。在中国他没有固定的居所，没有家人，不挂靠任何艺术协会，也不工作，依靠从前的积蓄独来独往，凭感觉从一个城市到另一个城市，停留的时间长则一两年，短则数月。

12年来，我一直记得这个人和他的画。他的人生可以说是“特立独行”，但并非出自刻意，在貌似反常之处又隐隐蕴含着某种水到渠成的因素，因此，不能完全算是“不可思议”。就像一条自东向西流淌的河，只是遵循特定的“地势”而已，总而言之，很难用世俗意义上的悲、喜、成、败予以评价。

我管他叫“渡边先生”。他和村上春树是同龄人，村上小说里出现过的曲子，有好些他都很拿手，包括《挪威的森林》。另外，他的故事具有一种让我着迷的东西——一种异乎寻常与合情合理并存，既浪漫又冷峻的诗意。每当我想到这个人，便会想起小说里渡边回忆直子时的情形：“一切是如此鲜明，教我不知从何写起。这就好比说，一张画得太详细的地图有时反而派不上用场一样。”只有“不完整的记忆”，才能装进一个“不完整的容器”里。记忆越是模糊、淡化，越能去芜存菁，在无法忘记之处保留最核心的意义。

见到渡边先生是在秋天。因为常年吃素，他有点儿营养不良，怕冷，每年大部分时间在中国南方、印度、东南亚度过，尤其是冬天。印象最深的是，他只有1米6左右，身材像女人一样瘦削、单薄，与那张留着浅浅的络腮胡的脸，还有对那个年纪的人来说算是浓密黑亮的自然卷，显得很不相称。他穿一件条纹衬衫，谈吐文雅，眼睛很明亮。

他租了一个带厨卫的单间，只有一张床和几件简单的家具。屋子里看不到任何诸如相片、摆件之类的装饰物，也没有盆栽。床上放着一把吉他，床头立着一个和琴盒差不多大的小型黑色旅行箱。没有笔记本电脑，也不需要厚重的冬衣。除了玻璃窗，四面只有白墙，像一个干干净净的纸盒子，装着简化到最低限度的人生。

渡边先生会一点儿简单的汉语，也会讲英语。他年轻时的经历很符合拍成一部讲述浪子回头的治愈系电影：“二战”以后他出生于一个热爱音乐的教师家庭，从小学习钢琴、小提琴，后来迷上披头士乐队，靠听磁带自学吉他，无师自通；20岁时组建乐队，披着长发在日本和欧洲巡演，过了一段放浪形骸的日子；接着是麻木、厌倦、幡然醒悟，回到东京为剧团和音乐公司作曲，直至自立门户，创建个人音乐工作室。20世纪70年代中期他曾赴欧游学，在阿姆斯特丹待过几年，进修古典吉他技巧，在此期间结识了他的妻子。

随着他的讲述，我想起那些半个世纪前的时代标签：反战游行、民权运动、性别解放、嬉皮士音乐、新左派思潮……似乎每个词都萦绕着一片神圣的喧哗和呛辣的彩色烟雾。无数大汗淋漓的肉体的骚动、精血的喷溅，构成一幅幅轰轰烈烈的海市蜃楼。生于那样的年代，好像每个迷惘而敏感的年轻人，连荷尔蒙都是迷迭香和鼠尾草的味道；好像每种无所事事、打发时间的消遣，都能提炼出令人神魂颠倒的风雅格调。

老实说，我对他在欧洲时酗酒、抽大麻和与女孩们厮混的事很感兴趣。他并不避讳，呵呵一笑，三言两语，轻淡得像描述几十年前见过的一片异国的云。

渡边先生40岁时决心离开日本，理由是此前做音乐只是为了赚钱，继续留在日本，只会放任激情一天天衰竭下去。他卖掉了东京的公司、房子和车子，换成了一张后半生花不完的支票。那时，他一直在潜心研究古典、爵士、布鲁斯、桑巴、巴萨诺瓦、弗拉门戈等不同种类的音乐，希望通过打破风格的界限，创造出一种全新的吉他音乐表现形式。他觉得，中国可能会有他所渴求的新的可能性。

来广州之前，他去了很多地方，香港、北京、上海、西安、昆明……他毛遂自荐到大学举办免费讲座和音乐会，开培训班，借此寻找志同道合之人。对于商业演出，则一律回绝。没有安排的时候，他就一个人到处走走，学汉语、看电影、看戏、听音乐。平时自己下厨，早餐是咖啡和面包，正餐吃蔬菜沙拉和意大利面。

如他期待的那样，云南少数民族的服饰、习俗，民间艺人的歌舞，还有二胡的声音，这些让他创作出了前所未有的曲子和编配手法。同时，他也毫不掩饰对吉他音乐在中国普及现状的不满——徒有技术的复制，而无灵魂的释放。

谈到鲍勃·迪伦和约翰·列侬时，我向他坦白，我对西方流行音乐知之甚少，他们的作品对我来说，更像是一种“必须略知一二”的时髦。他平和地笑了笑，说了一句：艺术的本质是心灵的自由，而不是概念。

他为我即兴弹了一段。起初是闪电般的华丽音阶，手指翻飞、指尖滚珠、弦上流光飘忽，继而转入一段沉思性质的自由慢板，琴音滴滴，似下了一夜的残雨。长梦将尽，男人轻轻搂着女人的腰，缓缓地跳着一曲末日之舞。每次摇摆便筛下一些金砂，磷火一般点点明灭。一对灿烂的背影，渐渐剩下两个空空荡荡的轮廓。那吉他像是抽烟一样，不时呼出一团团云雾状的和弦，须臾便由盛而谢。一声弦动，一地樱雪。

渡边先生最初离开日本的时候，双亲依然健在，由他的妻子和亲友照料。后来，妻子特意从日本赶来广东，照顾他的饮食起居，20世纪90年代末客死他乡。他把妻子的骨灰撒在大海里，只留了一张遗照随身携带。他没有给我看那张相片。

他说，妻子是他此生最后一个女人。

黑泽明的遗作《黑之雨》里那对云游四方的浪人夫妻，就是他俩的真实写照。男主角三泽伊兵卫是个古道热肠而又怀才不遇的武士，因谋职不顺，生活落魄；妻子多代尽管对伊兵卫耿介的脾气有微词，却始终予以体谅和支持。

我问他，是否对妻子感到有些抱歉？

他第一次显出一丝黯然的神色。

半晌，他轻声告诉我，她很想要一个孩子，但他不愿意。

在这个远走天涯的男人身上，我看到了那种鉴真东渡式的坚毅。在他的世界里，容得下日月星宿、风林火山、飞禽走兽，容得下全世界灿烂博大的文明以及无数倏忽而逝的奇妙瞬间。可惜，唯独容不下一个新生命的出世。

在电影里，三泽伊兵卫为了替客栈里的穷人置办酒食，违反武士戒律与人比武赌钱，导致自己丢掉了一份体面的工作——替城主担任剑术指导。

城主派来的人对三泽伊兵卫横加指责，一向温柔、恭顺的多代，细声细气地回敬对方：他这么做是为了给穷人带去欢乐，这件事有多重要，你们这些傻瓜是不会懂得的。

我无言以对。

枝繁叶茂的树是很难长得高的，必须去除一些侧枝，哪怕是某些人们认为理所当然的东西。渡边先生的妻子一定比谁都明白这个道理。一个女人究竟要爱一个人爱到什么程度，才会甘愿成全到底？这是当时的我无论如何都想象不出的。

我和渡边先生只见过这一面。临别时，他告诉我他在广州遇到了一个投缘的民乐演奏家，他们打算一起开音乐会，组建一支吉他与中国民乐的跨界乐队。

从此以后，他再无音讯。每次看见他画的那棵树，我总是会莫名地生出一种“未完待续”之感。

三年后，我去了一趟东京。当我用七零八碎的日文、英文以及书写汉字和手势与人交流的时候，忽然又一次想到了他。新宿、银座、涩谷、秋叶原、东京塔、浅草寺、二重桥、上野公园……这是他在不惑之年决然割舍的世界。而他曾用与我类似的方式，磕磕绊绊地走近中国各个城市的人们，试图在他们当中打探到那个通往中国民间音乐王国的秘道入口。

在十字街头扑面而至的陌生人潮中，我想象着他在中国看到同样景象时的心情：打扮入时、行色匆匆的年轻男女，提着购物袋在路边亲切攀谈的老人，五光十色的商城橱窗和招牌，时而喧闹、时而荒寂的街道……春去秋来，晨昏更迭，见到这些，他又会想些什么呢？

说到底，我只是短暂的过客，而他是终生的浪人。

小津安二郎导演的《东京物语》里面说：“我们一旦失散，恐怕就再见不到面了。”在我的职业生涯中，充满了一场接一场不经意的分别与相逢。在和过去失散之前，我也想再看一眼，那一片不肯归去的异国的白云。

东京已经开始入秋，却还没有凉透。夏末最后的微曦让心蓦地燃烧起来。没有果实的缕缕汗水，悄然划过鬓角。

后来，我在网上搜寻到零星几条关于渡边先生的报道。他还在中国沿海一带，重复做着12年前做过的事情：开班、授徒、讲学、交流、采风、创作……他找了20多年的固定传艺场所，规划了许多个年头的乐队，依然没有下落。60多岁的人了，照片上的样子和身材几乎和从前没有什么变化。男人真是一种可怕的生物。

在一则报道中，他称自己是一个幸福的无名吉他手。他对观众和学生说，爱比任何知识与技术更能造就一个人，如若没有爱，才华、成就、财富、地位，一切都是虚无。

我又看了一遍《黑之雨》。片尾，三泽夫妇继续翻山越岭，朝着江户的方向前行。途中，伊兵卫在林中练剑，多代在一旁吹蒲公英。

练毕，伊兵卫走出树林，对她说，我已将遗憾留在了身后。

多代笑着回答，等有机会时，你再实现梦想吧。

此时，意识到良才难遇的城主，正策马追来。密林中，马蹄嘚嘚，急如心跳。

稍后，远方忽然现出一大片明净而开阔的水面。三泽夫妇相视一笑，停下了脚步，悠闲地望向水的另一边。

那是一个天地如洗、草木葱茏的新世界。雨后的风正把流浪者的哀愁，像尘埃一样吹散在来时的路上。

之二·世界尽头的无限星光

那种感觉就像两个去扫墓的人，在两座毗邻的坟茔前不期而遇一样。

如今我已懂得，每一次灵魂出窍换来的短暂的自由，都得付出代价。而代价最微的是，活在世上有更多的狼狈。

25岁的夏天，做记者的第三个年头，台风在咸腥的太平洋上急速起舞，汗水和雨水在更替间，变成彼此的回忆。日复一日，是醒来时的凌乱和焦灼，收工时的疲惫和恍惚。夜幕下的大桥，飘浮着粉尘般的黄光。呼啸而过的车辆，拖着锈红色的光带驶向午夜的心脏。

独自一人生活，有一间属于自己的二手房，没有贷款也谈不上安全感。有不错的收入，但连一个书架也不敢轻易添置。因为我害怕某一天，生命里会发生一场政变，我会再次远走高飞。我怕到那个时候，对一切身外之物难以割舍。

那年夏天，我经常躺在家中的地板上，像麦卡勒斯《婚礼的成员》中那个着了魔的女孩一样，想象着整个世界——它以1000千米的时速旋转，分裂而飘零，比以往任何时候都更快、更疏离、更广阔无际。我想要在清泉一般的女高音咏叹调中，穿越黏稠发绿的雨水，满是划痕的唱片的螺纹，穿越梦中的深海、浮岛、火花和荒原，植物一样摇摆的迷人的躯体，还有全世界老虎化成的黄油，去到这橘子状星球的另一面。

就是在那个时候，我认识了K。

K从前在一家很有名气的平面媒体供职，介绍人是他昔日的同事小徐。K大我六七岁，内蒙古人，出生于知识分子家庭。上大学时学过摄影、写过诗歌、搞过乐队，入职后从事的是社会新闻，没几年就得了全国新闻奖，作品还入围过国际摄影节。29岁时已经当上部门首席，却突然辞职去青海支教，回来以后开始做自由摄影师。

见面之前，我们在MSN上聊了几次。他不像其他行业的男人，总是对记者的人脉网络、灰色收入展现出旺盛的好奇心，无论哪个方面、明的暗的，他都比我在行，这一点令我如释重负。显然，比起我的照片、履历和爱好，他对我做过的稿子更感兴趣。我思前想后，选了一篇卧底体验打工妹生活，勉强算得上代表作的新闻特写发给了他。很快，他回复了一堆意见，态度鲜明、句句直捣要害。不过，所有的批评都在距离我的自尊心只差毫厘之处精准地收了手。

我曾听说，以前他带见习记者时是以“狠”出名的，曾经大骂一个新来的大学生写的稿子狗屁不通，教训了一个钟头，办公室外面都听得一清二楚，那可怜的学生第二天就递了辞职信。

他问我最近在看什么书，我据实作答，在读龙应台与儿子安德烈的通信《亲爱的安德烈》。他半天没有吭声。当晚，我收到了他发来的一份书单，从国外媒体操作手册到中国城市化进程，从《纯粹理性批判》到《通往奴役之路》。

关于K离开单位的缘由，据说是长期抗命，我行我素，里里外外得罪了不少人。而他自己的说法是，在一个地方做得太顺手就会产生惰性，而一旦产生惰性，离体制化就不远了。因为这件事，他和家里闹得很僵，和前女友不欢而散。爽约、失联、急躁、固执……我们各自的前任对媒体行当的怨念如出一辙。那种感觉就像两个去扫墓的人，在两座毗邻的坟茔前不期而遇一样。

他的博客相册里贴着过去拍的一些作品：大马士革墙上的弹孔、塔里木盆地边缘的胡杨林、瓦纳那西的河祭仪式……博客头像是一张照片，他戴着眼镜，穿着字母T恤、毛边牛仔短裤和人字拖，低头坐在窗前一张堆满杂物的旧沙发上弹吉他。瘦得像个穷途末路的诗人，遮住耳朵的头发乱得很神气。面前是一个被当成烟灰缸的盘子，背后的墙上挂着一幅沙漠公路的黑白相片。

我单独为K建立了一个文档，用于存放他的文章和照片。

即便剧情重新读档，我仍然看不到这个故事接下来会不会有第二种可能。

一个月后，我在小徐安排的饭局上头一次见到了刚从外地回来的

K。K果然很瘦，而且完全不像印象中的北方人那般高大，也就刚过1米7，略微有点儿驼背。和他随身带的那个足有半人高、鼓鼓囊囊的深色帆布登山包比起来，活像一只负重力惊人的蚂蚁。从某个角度看，鼻子有点儿像年轻时的列侬。头发比照片上的还要长，胡楂儿乱窜，皮肤是烈日烙下的棕色，右手的手背上有被灼烧的痕迹。

相比较之下，一身衬衫西裤、挎着电脑包、白白净净的小徐，看上去倒像一个政府机关职员——他是专跑市委、市政府线的时政记者。

那一天，小徐特意叫上了自己的女友作陪。我和小徐的女友也是初次见面，只知道他俩是湖南老乡。幸好女孩之间，总会有些屡试不爽的东西可以聊，比如，星座、减肥和八卦。于是，一张饭桌以性别为界，一边是江湖夜雨，另一边是桃李春风，各得其所，两不相碍。

直到我俩的笑声愈发猖狂，两个男人好像才幡然醒悟过来。K呵呵一笑，喝酒、吃菜，总算问了我一个问题：你平时都喜欢做什么菜?

吃完饭，K从包里掏出一本封皮卷翘的国外纪实摄影集子送给我。我回赠的是一个新买的便携式药箱及常备药品。小徐一脸功德圆满的喜色，当即拍板，下次在我家做饭再聚。

到了约定的时间，小徐临时有事，只剩K一人前来。我做了几个开胃的家常菜，炖了一锅清热消暑的时令汤水。他跟我提到8月会出一趟远门，拍摄一期抗战胜利60周年摄影专题，包括滇西、缅北一带中国远征军的活动遗址，还有昆明的西南联大旧址。他吃得很慢，也不算多，看得出来还算尽兴，起码没有工夫再长篇大论了。

我们一边喝啤酒，一边聊天。聊到支教的事时，他很坦白地告诉我，去支教并不是出于任何高尚的动机，只是莫名地觉得生活就像既定

CHRISTUS EST VITA.

的程序，非中断不可。必须去一个很远的地方，远到一切都像上辈子的事才行。

他去的那个小县城位于黄河源头的藏族聚居区，海拔将近4千米，全县总共不到1万人。学校只有两间教室，几十个学生有一半的人没有凳子，得轮流站着上课。

去的时候是春天，经常刮风、下雪，又冷又潮。他在唯一的一间办公室里打地铺。被褥油腻腻的，不知睡过多少人，全是跳蚤。屋子的一角堆满了干牛粪，他用土灶生火、烧茶、煮饭。晚上，一个人裹着厚厚的羊皮毡子，点着蜡烛改作业、写日记，冻得牙齿打颤，像个被关在不见天日的冰窖里的囚犯。

K教汉语和数学，也教音乐。孩子们总是从家里给他带来各种食物：酸奶、糌粑、干肉、砖茶。每天早上，讲台上都放着一束带着露水的格桑花。等到天气渐渐暖和起来，他们就一起去牧场放羊、挖蕨菜、采蘑菇。离开的前一晚，全村人特意赶来为他送行。人们在学校里燃起篝火，杀鸡宰羊，一首接一首地唱歌，拉着他一起跳锅庄，所有的学生都哭成了大花脸。

秋天来临之前，K去了金银滩草原、茶卡盐湖、阿尼玛卿雪山、坎布拉森林……有一阵子，他在湖边露营，哪里也不去，白天读梭罗的《没有规则的生活》和凯鲁亚克的《达摩流浪者》，夜里整晚整晚地看星星。他说，那星空是漂亮的紫罗兰色，飘着羊绒一般的流云，所有的星星都又大又亮，就像是世界的尽头，美得叫人想流泪。

我对他说，每个人的一生中，总会有那么一两次无法言明的荒唐之举。至于我，很久以来，一直反复做同一个梦。

有一天，有个人向我伸出手，对我说，跟我来。

我们手挽着手，坐雪橇横跨西伯利亚，去看仙女裙边似的极光和封存在冰雪之中的宝藏；划独木舟去南太平洋上终年酷热的小岛，用微型火山烤鸟蛋，用发黑的海藻和猩红的花朵做衣服；在最后一班去莫斯科的火车上，我们并肩而坐，心意契合，看外面的亮光飞驰而过。

在那些别人无法理解的念头里，潜藏着我们称之为“天命”的东西。《牧羊少年奇幻之旅》中写道：谁正追寻自己的天命，谁就能知道他所需要知道的一切。当时的我，对此深信不疑。

他淡然一笑，和我碰了一下杯。

后来，K约上小徐和他的女友，又来过我家一次。饭后的局面又变回了老样子：两个男人在客厅里看电视，忧心忡忡地议论新媒体的崛起；两个女人挤在厨房里嘻嘻哈哈，一边洗碗筷、切西瓜，一边分享做龟苓膏的经验。

我和K还单独约过两次。一次是去听《南方周末》名编名记的讲座，还有一次，是去一个地下乐队的音乐会。我跟他说，那个主唱的女孩子，声音好像缓缓滑落的沙子，是薄荷味的，伴奏的吉他有一股雾中的森林味。

他若有所思地扶着眼镜，过了一会儿说：“你该写点别的东西，不要辜负你的才华。”

我暗中捕捉着他说的每一个字，像一只蜘蛛，满怀窃喜地看着银光闪闪的蛛网上瑟瑟颤动的猎物。

有一天，过了晚饭的点，K突然在网上跟我说，看资料看得头疼，问我家里可有吃的。

我说，只有速冻饺子。

他连声说，饺子就好，饺子就好。

那天晚上，K满脸倦色，瘫坐在沙发上一根接一根地抽烟。跟他说点儿什么，他也显得心不在焉。他一言不发地吃饺子，等到碗中见底，才长叹一声，脸上浮出一丝笑意。

他告诉我，动身就在这两天。

我问他几时回来，他摇摇头说，不知道，要看情况。

他问我，为何没有参加报社的抗战报道？

我回答说，按照惯例，都是时政要闻的同事打主力，我们跑娱乐和

文化线的最多只能敲敲边鼓。

他语重心长地告诫我，像这样的机会要多争取，还有跑全国两会，很能锻炼人。

我点头称是，替他倒了一杯茶。

没过多久，他起身告辞，我把他送到了小区门口。我很认真地问他，是不是又一整天没吃饭?

他有些不好意思地一笑，柔声说了一句，你多保重。

事后，小徐对我俩居然没发生点儿什么很有些惋惜。他的结论是：K是个正人君子。

而我心知肚明的是，今时今日，一个男人和一个女人保持君子之交，很可能是因为对她的好感仅限于她的个别优点而已，比方说厨艺。

女人的直觉常常准到连她们自己都不愿相信的地步。

K走以后，没有半点儿消息。他送的那本摄影集，我看了不知多少次。我想起K拍过的那些照片，有一张是印尼海啸过后，微光初露时分，一个人骑车从一大片幽蓝的水域正中路过，两边是绵延不绝的漆黑的废墟，车子后面拖着一道波痕，恍如虚空过往的亡灵，默然列队相随。

还有一张，是一匹白马在晨雾中回望天边的一棵孤树。白的、黄的、蓝的野花点子，像一个风中流转的古老的秘密，传遍了8月的德令哈草原。

我想象着他此时身在世界上任何一个地方，沉睡的面容既安详又憔悴，鼻息悠缓如同潮汐，弯曲如弓的身体，仿佛等待着一个温柔到叫人心碎的拥抱。

我给他发了几条问候的信息，他什么都没有回。

一个月后的一天晚上，忙到12点才交稿，眼前满屏雪花，还记得那天是他的生日，我拨通了他的电话。

当时他说了些什么，我已忘得一干二净，只记得挂上电话的那一刻，如同揿下某个开关一样，心里面“咔嗒”一声什么都看不见了。暴雨倾盆，一个人拎着上司特意犒劳我的一个哈密瓜回家。在出租车上，抱着那沉甸甸的瓜，闻着甜蜜到熟烂的气息，忽然听见广播里说，今天是中秋节，明后两天还将有雨。

一想到此时此刻，除了这个瓜，世上再无别的牢实的东西与我相亲，眼泪止不住地流下来。

时间似乎在迅速地冲淡过往的一切。9月底，我出差去了一趟日本，在山梨做了一个梦：

很多陌生的男女面对面坐着，背景似乎是废弃的公园，遍地石青色的阴影，头顶是无垠的星河，天使形状的剪纸小人围成一圈，一半明亮，一半幽暗，在半空中跳着春天的舞蹈。

身边的人一一起身，手拉着手离开。这个时候，一个人默默站起来，走到我面前蹲下身来。还来不及看清对方的容颜，我们就那么自然地把嘴碰在一起。像书上说的，好像只掠取水果最甜美的部位。

那个人伸出手，对我说，跟我来。

雨夜中醒来，望着笛吹川一带泥潭似的黑水，除了沉默，我找不到其他方式，用以挨过这段理智复苏的艰难时光。过去几个月来，那些不由自主、情绪激荡的瞬间，在千里之外显得如此不可理喻。

次日的箱根，风雨大作。大涌谷和芦之湖附近，漫山遍野都是浓白的稠雾和湍急的绿浪。在车上，导游絮絮谈起离此不远的伊豆，以“情死”闻名的热海，尾崎红叶的《金色夜叉》，贯一与阿宫的诀别。众人仰天酣睡，几无应者，唯独自己如游旧径，如见故人。

不曾忘怀的还有永井荷风的这段话：“雨夜啼月的杜鹃，阵雨中散落的秋天的树叶，落花飘风的钟声，途中日暮的山路的雪，凡是无常无告无望的，使人无端嗟叹此事只是一梦的，这样的一切东西，于我都是可亲，于我都是可怀的。”

那个人对我说，跟我来……

人生如梦，旅行便是在梦中做梦。到最后，再也分不清，哪个是旅行的梦，哪个是人生的梦。

那年年底，小徐消失了好长一段时间，等到快要过新年时，却突然冒出来向我辞行。他很快就要去他女友的老家，到基层宣传科做公务员。那是一座二线中等城市，房价还不及广州均价的一半，而且离他父母也近，回家只要两小时的车程。

小徐吞吞吐吐地跟我提到了K，一再地跟我道歉。他说，他不知道K得过神经衰弱，那次出差途中情况恶化，一回来就进了医院，就此音讯全无。

小徐走的那天，大雨陡降。那是一场罕见的冬季雷暴。窗外是突如其来的夜的湿润和骚动。我躺在床上，听着雨声和雷鸣，久久不能成眠。我不知道，是该庆幸还是该难过。我仍然记得那些训斥：不要为安逸所累，保持零度情感，不可盲从资料代替一线目击，写评论切不可虚头八脑……

每一句都言犹在耳，而那时我满心所想的，不过是在那个强悍的男人累得像条狗的时刻，为他煮一碗饺子——说不清当初是慈悲，还是糊涂。

大雨滂沱，远远传来一声闷雷的低吟。仿佛一个庄重如裁决的吻，带着枯叶、雨水和大理石的气

息，从天而降。

此后5年，我和小徐的联络平台从MSN换成了微博。他比过去清闲了很多，婚后立即跟蒸馒头似的发了福，还有了一个胖儿子。有段时间，他经常在微博上转发各种调侃政府官员不作为、智商无下限的段子。后来更新得越来越少，转而开始晒老婆的厨艺，还有儿子学步、说话、捣蛋的照片和视频。底下点赞的人越来越多，我猜他是升了官。

他在网上告诉我，K在内蒙古调养了一段时间，又回到了广州，做过网站编辑，也在图片社待过。接着，他遇到了现在的妻子。那女孩没有固定工作，又有过婚史，K不顾双亲的反对，交往不到半年就同她结了婚。女儿出生以后，被查出患有先天性心脏病，加上妻子做生意失败，K有一段时间八方借钱，急得差点儿旧病复发。再往后，他彻底告别了媒体圈，和朋友一起搞了一个摄影工作室。婚纱照、商业庆典、个人写真，什么活儿都接。

有一次，K在拍一部企业形象宣传片时途经湖南，专门约小徐见了一面，两人聊了一个通宵。K那晚喝了不少酒，发了很多牢骚。有家庭的矛盾，有颈椎的毛病，还有女儿的人工瓣膜手术费。K居然还提到了我。他对小徐说，他那时情绪失常，脾气很不好，假如和我相识时，他不是那样一个状态的话……

我哑然失笑。过了这么多年，他在我心目中仍然是一个正人君子。即便愧疚，那也只是君子的愧疚罢了。

小徐给我看过K女儿的照片，模样很可爱，不怎么像他。其实不用看照片我也知道，K的老婆必然是个美女。

最后，小徐以一种老中医会诊般的口气对我说，我们都很关心你，有机会还是去做编辑吧，没那么辛苦。祝你早点儿找到一个好归宿。

我和K再也没有联系过，我为此感到宽慰，像是担心他会开口找我借钱一样。

生活一切照旧，丝毫没有发生任何变故的迹象，我就这样安安分

分地度过了30岁。偶尔我会在太阳落山时，独自在桥下河堤边散步。有时候想到K和小徐，还有所有半途离开、后会无期的朋友们，我会把他们想象成凯鲁亚克《在路上》里的那两个搭便车去加州、迷失在途中的主人公。那时，我们曾经如此热衷于相互推荐那些让人震颤的报道，终日夸夸其谈，诗酒相伴。我们对于新闻中的世界，还抱着一种平等的错觉，甚至一厢情愿地认为，真的能从易碎的新闻纸当中折腾出永恒来。即便我自己在信仰面前，仍是一个尚未“领洗”的圣徒，连赤子之心亦无力保全。

从很早以前开始，我已不再沉迷于往日那些想入非非的游戏。与其整晚躺在地板上听音乐、发呆，不如去计算组合式理财的最佳收益方案。趁着出差的便利，我也去了不少地方，见识过很多不可思议的

景致。但不论怎么说，现在的我更情愿相信，我们眼中所见的奇观，本质上只是内心深处那些疯疯癫癫、自命不凡的渴望。一个接一个从泥穴里爬出来的、苍白的小妖精，在遥远的荒岛上狂欢，朝着每一艘过往的船只吹口哨，挥动双手。

在这种耽于幻想的时刻，我曾经无数次感觉到一种奇特的、充盈于全身的幸福。那时，我还太年轻，还没有意识到，空想是一种非常危险的东西。如今我已懂得，每一次灵魂出窍换来的短暂的自由，都得付出代价。而代价最微的是，活在世上有更多的狼狈。

我比以往任何时候都更加喜欢《在路上》的那个结尾："除了在孤独中悲惨地衰老下去，我相信，没有谁，没有谁会知道将会发生什么。我怀念狄安·莫里亚蒂……我思念狄安·莫里亚蒂。"

有一天采访途中，我坐在公交车上偶然经过了K的工作室。有一个人站在门口，边抽烟边打电话，手脚瘦得像棵枯树。头发理成了平头，胡须刮得干干净净，整张脸史无前例地显露出来，要不是因为还是穿着T恤、短裤加人字拖，还是那个习惯性的略略前倾、弓着身的姿势，我几乎疑心自己认错了人。他的背看上去似乎更驼了。

在他的摄影工作室网站上，贴满了网店模特的街拍。原来的博客已经不再更新，个人签名永远地停留在凯鲁亚克的这段话上：

我要把自己的生活变成一个牧场，在这个牧场之上，我将生长自己的粮食。当我的庄稼生长之时，我将坐在树下喝家酿的酒，写小说以修身。我将和我的孩子们尽情玩耍，对那些因汲汲于名利而咳嗽不止的可怜人，我要嗤之以鼻。

一种像是在读墓志铭的感觉油然而生。

某天晚上，我又做了一个梦。整个星空倾珠泻玉，满天的星图倒映在一大片宝蓝色的镜子般的湖泊之上，到处是奇光异彩。湖水沁凉而透明，天上和水下两个辉光烁亮的半球合为一体。站在水里，就像是悬浮在半空中一样。这时，有无数的星星簇拥到你的脚底，它们争相亲吻你，托着你，整个人变得轻飘飘的，好像漫步于银河之上……

我被梦中那种高高在上的骨子里的癫狂惊醒。我怀疑K从来没有跟我说过关于星空的事，甚至根本就没有K这个人。这个故事从头到尾都只是一个臆想。

还来不及琢磨，天色已经大亮。

之三·老人与海

一般来说，一个男人如果想要一个女人忘不了他，那么最好发生点什么；反过来，一个女人若想指望一个男人对她念念不忘的话，最好在他的回忆里保持永远的留白，而不是变成一具一旦到手就扔进仓库的猎物标本。

“亲爱的曼诺林，如果我再年轻20岁，也许现在咱们就是在床上做访问咯。”

“真的？老头儿真的这么说？”芮雅瞪大了眼睛。到底是做过娱乐记者的人，随便一丁点儿香艳的苗头，就跟鲨鱼闻到血腥似的穷追不舍。

我不作声地一笑，舌尖滑过鸡尾酒杯边缘的盐粒，尽可能地显出一种“轻舟已过万重山”的不经意，不然，就和一分钟之前还在吹嘘自己同某某名流交情匪浅的芮雅没什么两样了。那是会给人看笑话的，尤其是真的捞到实惠反而守口如瓶的人。

“那后来你们……”芮雅冲我挤眉弄眼，高脚杯的吸管搅得冰块哗哗响。

“说说而已，你就当真了？”

“真不够意思。”她当即撇了撇嘴，“我和××睡了一晚的事，从来都没瞒过你。”××是个电影明星，这是她罗曼史中最长脸的一则，自然不肯轻易瞒过别人。他和芮雅上床是好几年前的事了。那时他才刚出道，出席发布会时孤苦伶仃地坐在最边上，没人理睬。事后，经纪人挨个儿给各家报纸的跑线记者打电话、拜码头，求人做专访。只有芮雅答应了，在酒店里共度一宿，干掉一瓶洋酒，临出门还封了一个红包。真是划算到爆。

芮雅比我小一岁，结婚后也不改饕餮本色。如今她已经跳槽到一家企业做品牌媒介经理，和她同食“炒饭”的都是商界才俊，顿顿牛排红酒，不免怀念起早年吃过的五谷杂粮。何况××已非吴下阿蒙，每每在公交站广告牌前重遇故人，只觉得“花开堪折直须折”，人生苦短，但求无悔，顿时从艳情里迸发出一股豪情来。

而我向来公私分明，这倒不是因为我没喝过洋墨水，没和老外一起念过英文版的《印度圣经》，也与任何新旧道学家的训导无关。主要还

是自认不适合——男人得掂量自己的资本，女人得掂量自己的姿色，够格的人才能踏入“风流俱乐部”的门槛。否则宁可闲人止步，起码落个清白的名声。

从认识第一天开始，我们彼此就心存鄙夷，一刻也没有停止过。之所以还能做这么多年朋友，在她，是需要一个知情识趣又不会抢风头的观众；在我，是需要一个持有“俱乐部”入场券的眼线。和一个写专栏的人打交道，就得有这点儿觉悟。恰好芮雅不仅有，还很自信。各取所需的交情最长久。

“我不信你和老头儿什么都没发生过。”芮雅点了一根烟，软塌塌地歪靠在沙发上，把黑亮的卷发都仰到身后去。三十几岁的人了，难为她还是标准的贵妃斜坐，还尽拣最挑人的鹅黄、玫红色穿，全凭一身肉嘟嘟的起褶子的白，高山卧雪一般，把周身粉嫩的挑衅硬生生地镇下去。一出汗就成了吸饱了油花的老豆腐，一张俏丽的六角脸倒没怎么变，除了妆容越发工巧，精致到显出击鼓迎战的气势来。

一般来说，一个男人如果想要一个女人忘不了他，那么最好发生点儿什么；反过来，一个女人若想指望一个男人对她念念不忘的话，最好在他的回忆里保持永远的留白，而不是变成一具一旦到手就扔进仓库的猎物标本。

芮雅却是一个不喜欢留白的人。对于一切似是而非、若即若离的东西，比方说写意画，她向来缺乏雅兴。她喜欢看工笔绘就的花鸟图鉴，每一片翎毛、每一缕脉络都纤毫毕现。

话说回来，为什么想到和她说Sam的事，我自己也不太明白。那晚，芮雅刚从东南亚出差回来，私人收藏的“图鉴”里又添了一两枚异国的花草。或许是嫌弃她这么多年来毫无长进，总和“俱乐部”的小厮们鬼混，也说不准是因为酒精的作用，突然想亮出一张牌顶一顶她，至少不让她像从前那样，松松活活就过掉小牌，还反以为荣。

Sam是一个美籍华裔商人，我那会儿刚满30岁，而他差不多有70岁了。从1865年曾祖父被人“卖猪仔”卖到美国加州修建中央太平洋铁路算起，到他的儿孙辈，累世六代，在北美各个华人聚居的城市开枝散叶，不下一两百号人。每逢清明节，所有人都飞回旧金山祭拜华人公墓，得开好几辆大巴去，还得佩戴统一标识，以免那些英文越来越正宗、模样越来越跑调的晚辈们互相不认得，观光团一般浩荡。

我看过一张他在祠堂天井里照的全家福。用的是广角镜头，前后站了五六排，肃穆得好像大型唱诗班。后面的人踩在台阶和凳子上，下巴在前面一排脑袋中间钻空找缝隙，榫卯勾连，嵌得密不透风的。后方是主殿，檐下横着黑底描金的匾额——祖德流徽、世泽绵长。殿内的多层神龛供奉着塔形排列的神像和牌位，森然一壁，像一把黑檀木太师椅，把孝子贤孙揽在怀中。

这个家族用了一个世纪的时间，在洋人的地界缔造了一个商业网络，从能源、物流、金融、软件、餐饮到制造业，资金和产业链关系复杂得像 棵独木成林的老榕树。Sam平时周游世界，一边炒地皮，一边游山玩水，既做投资，也搞创作。名下还有几家公司，交由三个子女打理。

我并不打算用个人资产之类的账面数字，让芮雅和她那些裙下之臣相形见绌，这不公平。芮雅这点好，对于结婚对象以外的男人，从来不图钱财，不贪名分，用意之纯粹，姿态之爽净，是足以令旁人起敬的。包括年龄差距，对她来说，也不过是把“俱乐部”地上的瓷砖换成复古式样的拼花木地板——她在大学里念《印度圣经》时，启蒙导师就是开设《伦理学概论》的教授，一个花白胡子、长得像圣诞老人的犹太后裔。老头儿从30岁起，每隔10年就进教堂重温一回鸳梦。三任太太都是他的学生，结婚时都正值双十年纪。芮雅入学时，赶上老头第三次离婚，体格和家产都一并做了兰因絮果的陪葬，只剩下两袖清风、一腔苦魂。

虽然混到了学术委员会的常任理事，但据芮雅说，“圣诞老人”认为一个男人最酷的行当，一是战地记者，二是色情杂志摄影师。凑巧的是，这两件事Sam都干过，号称一生见识过“两万具血肉模糊的男人的尸体”与“两万个白花花的女人的屁股”。

我承认，把男人当牌打是一种无可救药的虚荣行径，何况我们的关系远不如芮雅和犹太老头儿来得实在。但不幸的是，这个世界上有无数女人都是这么干的，只不过她们手头最大的两张牌，要名正言顺得多——一张叫婚姻，另一张叫子嗣。

而男人的王牌始终都是他们自己。这是Sam教会我的事。

见到Sam是在一个旅美华人华侨摄影作品联展上。1米8的个头，身材保养得宜，寻常衬衫西裤，单肩挂着一架尼康相机。一张团白脸，颧骨上蘸着两抹寿桃似的红，逢人轻言细语，嘴角噙着笑。只有一对竖心三角眉，带点儿南人北相的意思，令他那频频与人握手、合影的模样，不至于和气得像个喜宴上的乡绅。

经人介绍，我们交换了名片。名片上他的头衔是摄影师和策展人，还有一连串艺术家协会的高级顾问。他掏出眼镜，拿着我的名片，像念头条新闻一般认真地读出声来，接着仔细收好，领着我参观展厅。

他参展的作品约有30幅，都是些黑白照片：一栋坍掉了一角的黄泥碉楼，足有七八层楼高，顶上有一圈悬空的罗马式廊柱，很是气派，那是他的曾祖父叶落归根之际，用修路淘金、攒了半辈子的钱修的；一些业已泛黄破损、字迹褪色的信件和明信片，那是他的祖父16岁时坐了三个月的海轮，到墨西哥打工时寄回来的，此后，他辗转各地经商，直到在旧金山的唐人街开了一家南北杂货铺，就此立地生根；还有一张皱皱巴巴的“契纸”，是美国排华期间，他的父亲以“契纸儿子（paper son）”的身份，冒充同姓族人后代赴美寻亲的物证。作品的落款是他的英文名Samuel，跟着是粤语的姓氏发音。

此外，还有一些二十世纪六七十年代华人在餐馆、衣坊、街头、家中劳作和生活的场景。祖孙举箸，翁妪乡谈，台前算账，灯下针黹，与其说是艺术品，不如说更像是一场族群的纸祭。特别是那些年迈的女人身上的绸布对襟衫裤，月白皂黑，有种作了古的清平的寒香，让人渺渺地想起冷凝的烛泪。衣料上的春花秋叶，一律是无根的飘蓬。

他的名片上也印了一张黑白照片，却是一个赤裸上身的年轻白人女孩，背对镜头，朝着游行的队伍兴奋地吼叫，套马一般甩动着文胸。光溜溜的背脊透出薄薄两片蝴蝶骨，上面涂着两行字母：Make love, not war（要性爱，不要战争）。正午时分，汗液混着墨汁一条条沥沥地淌下来，迎着强光，仿如才受过酷烈的肉刑，伤口里涌出一种凛然的原始的腥臊。

很难想象，照片上的白人女孩和那些参展作品中的华人老太，生活在同一个时代，同一座城市。女人堆里的对照往往比男人来得要极端。

我问他名片上照片的来历，他呵呵一笑，说是他很早以前拍的纪实摄影“拙作”。这时，负责宣传的人走过来跟我介绍，他年轻的时候，曾经供职于一家英文报纸的香港通讯社，做过越战特派摄影记者，又在美国做了10多年的商业摄影师，主要是替一些时尚生活类杂志拍封面、插页和月历。

在旁人介绍的过程中，他一直抿着嘴，笑而不言。

“你喜欢这张吗？”他问我，我点点头，“哦，我拍过很多女人，什么样的都有，模特、明星、女学生。喜欢的话，回头可以挑一些发给你看。”

一句“什么样的都有”，让那些点头哈腰、谦逊敦厚的表象，“砰”的一声烟消云散。

我约了他下次做专访。做了快10年的记者，对于甄选采访对象，我已经形成了一整套条件反射系统。战争和封面女郎，这种可遇而不可求的组合让我又一次产生了那种想要变成海绵把对方的故事吸收殆尽的冲动。反而是对于芮雅念叨了许多年的××那种人，越发提不起兴趣。聚光灯下的假形假势是一方面，混久了谁都是一身泥。说到底，恐怕还是因为芮雅的关系，连带着心生嫌弃。

当天晚上，Sam便通过邮箱发来了他的一份简历、相关报道以及代表作品。邮件标题是“恭请惠鉴”，落款是Cordially yours（敬上），穿的是长袍马褂，行的是脱帽绅士礼，中西合璧，殷勤周全，不禁让我生出一丝戒心。检索新闻时，我留意到在摄影展举行期间，他的行程还包括出席招商引资洽谈会、考察土地招投标项目等，下个月在香港还有一场有份参与的当代摄影作品拍卖会。看到这里，我差一点儿就打算取消专访了。

他发来的照片分门别类，规规整整，拍摄的时间、地点，乃至所用机型和胶片规格，在附上的说明里都一应俱全。在新闻纪实摄影类别里，有静坐示威、呼吁公平就业机会的黑人学生，住在帐篷里奇装异服的艺术家，牵着孩子等待打字员招聘面试的家庭妇女，号召抵制同性恋被砸鸡蛋的宗教团体领导人。

在人像摄影类别里，有一帧30多年前好莱坞女星的裸体写真：丝质床单下旋紧蜂腰，不知用了多少力气，拧得全身峰峦毕现，面上仍是娇喘微微。像海上的蜃妖，浮到苍白的海面上来，对着人的眼睛哈气，吐出一枕扰扰的迷离的绿云。两条手臂如绞在一起的白蛇，在泡沫之上翻卷。由肩至臀，背部的每一寸曲线都是职业化的浑若无骨的放荡。

若干年前，当我将《大众电影》上的剧照剪下来贴在铅笔盒内侧时，看到的她当然不是这个样子。那时候的她，要么潇洒得像个华尔街的女强人，要么圣洁得像个修女。

我给他回了一封邮件，提议单独就摄影方面的东西谈一谈。

关于做摄影师的经历，他的履历是这么写的：出生于檀香山，曾从事新闻摄影、图片编辑、美术设计等工作，后在纽约创办了个人创意摄影工作室。独特的人生经历赋予其兼容并包的文化内涵及多元视角，善于将艺术元素与商业需求巧妙结合。摄影作品及评论频频发表于核心刊物，多次举行个人作品展，屡获业内大奖等。

在信中，我问他，为什么没有越战的照片？他很快回了信。“你真的想看那些照片吗？我没有得过普利策奖哦。”

他转而向我推荐了《生活》杂志的莱瑞·伯罗斯等人的作品。1971年2月，伯罗斯乘坐的直升机在老挝坠毁，伯罗斯是在越战前线坚守时间最长的记者之一。他还建议我，假如对那段历史感兴趣的话，可以去拜访胡志明市战争博物馆，里面有一个专门为在越南战场上殉职的记者特设的展馆，其中有一位是他过去的同事。

“我只在越南待了两年多，跟这些为了报道真

相而付出生命的人比起来，我就像是一个逃兵，不值一提。”

“Make love, not war.”

至于我对那些封面女郎照片的赞美，他在表示感谢之余，将从业经验总结为一段话，请我“指正”：摄影师是用镜头与模特做爱的人。双方共同的任务在于，将那些销魂蚀骨、转瞬即逝的美妙时刻定格在案。

令我印象深刻的是，他使用的措辞是“做爱”，而不是“恋爱”或者其他更符合功成名就者身份和口吻的词汇。

“Make love, not war.”多么现成的新闻标题。

我们第二次碰面时，谈话基本上围绕着“两万个白花花的女人的屁股”展开。但凡有利益驱动的采访，总是特别顺利。事实证明，Sam乐于配合的程度超乎了我的预期。

那天上午，我们约在一家茶楼喝早茶。地方是他选的，那家的虾饺很不赖，半月形的冰皮玲珑浮凸，红白馅料若隐若现，不时让我回想起那个裹着丝绸、半裸侧躺的绝色美人。每次咀嚼，仿佛都能听见海妖在唇齿间惊叫，粉身碎骨地度过她们最后一场春宵。

Sam说，那组照片拍了一个通宵，竟然还是起头拍的几张最好。每次拍摄都是一次冒险，根本不知道会遇上什么人，发生什么事。有时非得连拍几十卷底片，拍得双方都精疲力尽之时，才会灵光乍现，擦出火花；而有时一开工就天雷地火，非得速战速决不可。

那些年，连续工作十五六个小时对他来说是家常便饭，甚至得一口气赶三期风格截然不同的杂志封面：穿超短迷你裙的“超级碗”拉拉队队员、替高级定制晚装品牌走秀的模特、全身只“穿”一条毛巾的色情片女星。最辛苦的一次，是给一家老牌男性杂志拍摄周年庆特辑。25个赤条条的美女集体出镜，客户的要求是“火辣、幽默、深刻”，不能拍到私处，要符合精英阶层的品味，还要拍得千娇百媚，绝无雷同。

最后，他决定让那些女孩们躺在一张长条状的“餐台”上，每个人的姿势都不重样，借由相邻的身体掩盖重要部位。灵感来自于一句古老的中国成语——秀色可餐，参考的对象是唐人街中餐馆的卤水拼盘。

那天我的胃口好得出奇，而他大部分的时候都只是喝茶，乐呵呵地看着我动筷子的时候越来越多，做笔记的时候越来越少。他不止一次递给我抹嘴的纸巾，一想到这个，我感觉很有些丢人。

我问了他一个问题：拍摄战争场面和封面女郎，最相似的地方是什么？

“哈哈！”他笑出声来，慢悠悠地饮了一口茶，“两件事都会要你的命！”

刚从新闻摄影转去拍杂志封面的时候，有段时间，他常常把事情搞砸。比如，镜头里面女孩们的身体僵硬得像一堆石膏，或者眼神里流露出受到侵犯的惊恐，这些都是行业大忌。怎么克服，只能靠自己在实践中去摸索。“好比在战场上，子弹从头上飞过去，该怎么躲呢？如果学不会，我就死定了。”

何况那些与他合作的人全都是些不计代价、丧心病狂的完美主义者。每期封面通常要拍上千张，然后提供100张到150张供客户选择，由杂志总编或艺术总监择优选用。采用率是名副其实的百里挑一，一期封面的平均拍摄成本高达数万美元。

总之，不论是拍大兵还是拍美女，“你只能勇往直前，全身心地投入，去感受，去发现。在整个过程中，必须保持全神贯注，做到分毫不差，还得有耐心。机会一来就不可以错过！”

他脸上没有了笑容，态度变得严肃、强硬，眼睛里迸发出一种不同寻常的灼热的光芒。我提醒自己，坐在我对面的这个人，不管看上去多么可亲，他都是一只伺机而动的猛兽，随时可能跳起来，朝你亮出獠牙和爪子。

我原本以为，对他影响最大的人会是布勒松或者安妮·莱博维茨之类，但他给出的答案却是海明威。“你读过《老人与海》吗？这本书写得太好了，你一定要读读看！It’s a *Bible* to me!（它就是我的《圣经》！）”

不知何故，我想起那本书中的老渔夫驾船经过一大片马尾藻海时的情形。“它在风浪很小的海面上动荡着，仿佛海洋正同什么东西在一条黄色的毯子下做爱。”

那是一片由两万个女人的胴体构成的汪洋大海。我的耳边响起澎湃的涛声。

几乎用不着试探和盘问，Sam就坦率地承认他有很多情人，遍布世界，华洋通吃，长幼无赦，品类琳琅满目。在这方面，他完美地继承了祖上经营杂货铺的才能。他也有一些公认的才女朋友，画画的、写书

的、演戏的、拉琴的，应有尽有，但情人里头，还是美人居多。对于那些有才却无貌的女人，他的态度是欣赏，但不喜欢。他说，这样的女人通常都很小心眼，难伺候。不如她的男人，她看不上；比她高明的，又看不上她。至于对待女人，生得比她美的，她向来不屑，对于同病相怜的，就更不屑了。

尤物就不同，大方，省事。

芮雅算不算尤物，这个姑且见仁见智，但我们两个人当中，不得不说，她比我要大方得多，无论是吃穿用度还是待人接物上。起码不介意我在专栏里拿她开涮的人，这么多年来就她一个。不仅不介意，还笑得比谁都响亮。

Sam说：“我一般都会把那些女孩拍得笨一点儿，像个普普通通的美国甜心，因为有些人的脑子实在是太聪明了。绝大多数的男人是不会真的想和那样的女孩上床的。”

用他认识的一位编辑的话来说，他的任务是让女人“展示”性，而不必“谈论”它。

他本人曾经栽在一个漂亮又聪明的女孩手上。有一次，他接到一个邀请，为一个常春藤名校的女学生拍个人写真。他和那女孩睡了一晚，次日醒来，钱包里的钞票和相机已不翼而飞。警方到学校调查的结果是，“查无此人”。

和老一辈华侨一样，他的父辈坚持只与华人通婚，且仅限于贤良淑德的女性。他是家中长子和长孙，年轻时万花丛中过，过了而立之年，还是九九归一，娶了一个书香世家的次女，一口气生了两个儿子、一个女儿，不负众望地光大了门楣。

他很少谈到他的太太。照他看来，两个人结婚的首要目的是传宗接代，而不是爱情，如果不想要子女，完全可以不结。“要说爱，我爱过很多女人，比爱她深得多。但我娶她，是因为没有一个比她更适合做老婆。”

“很少有一个人既适合做情人又适合做伴侣，这是祖祖辈辈都明白的事。可是，每一代人都在下一代面前掩耳盗铃，努力扮成恩爱的楷模。”Sam说，这就跟做父亲的总以为他们把色情光碟和杂志藏在安全的地方，其实早就被小孩偷出来分享一样。

Sam的后半辈子照样过得多姿多彩，活得像一块磁力强大、吸满了钉子的马蹄铁。等到子女们陆续步入成年，他更是长时间地漂泊在外，一年只在春节、圣诞节等几个节点上回去“应卯”。万一回不去，还有分给家眷们的不动产产权及公司股份收益替他签到。因此，在家庭事务上，这一家人也总是展现出那种公司董事会在面对不利传闻时所特有的默契。

而我与我的受访者最大的默契在于，我们都很明白，哪些内容适合在报刊上以成功人士高端访谈的形式予以公开。那些看上去旁逸斜出的闲话，我相信除了炫耀之外另有深意，不排除是一种以牺牲部分隐私换取更大信任的策略。

记忆力惊人，擅长讲故事，我不知道这是不是“风流俱乐部”成员的一大共性。如果说芮雅的罗曼史够我写上一整年专栏的话，那么Sam的情史则是砖头厚的一本书，得分成三部曲出版。长的十几二十年，短的只有数星期，乃至几个晚上。除了取之不竭的情意，如果她们别有所图，又在个人能力范围之内，他也乐得被人当成一棵许愿树。

有传言说，他有过不止一个私生子，这他倒是没有跟我提到过。从他单方面透露的情况来看，这些女人都没有拿名分之类的事为难过他。合则来，不合则去，果然都是些尤物，大方又省事。

在往后的交往中，他跟我说过很多不可思议、富于异域情调的艳遇。有一次，他去夏威夷拍摄一组风光片时，和一个波利尼西亚人与白人所生的混血舞女好上了。他们整天都在一起，一刻也不分开。那个女孩不满20岁，身材窈窕，皮肤是天生的蜜糖色，却有一双蓝得像矢车菊花瓣一样楚楚动人的眼睛，让人想跳进去游泳。白天，她陪着他驾车周游瓦胡岛，帮他选景、当他的模特；日落时，他在怀基基海滩旁的露天酒吧，看她为游客们表演草裙舞。他的情人一直目不转睛地望着他，她不时交叉双手放在胸前——这个动作的意思是“爱”。

等她下班以后，他俩急不可耐地奔向海滩上最僻静的地方。他还记得，她冰凉的大腿上全是沙砾和碎裂的贝壳，摸起来很粗糙，像美人鱼的鳞片。她的唇咸咸的，又冷又暖，像海底石缝里忽闪的火焰。

就在他离开后不久，他从新闻上得知，那个女孩遭到强暴，被人刺死在沙滩上，凶手至今没有归案。

他在纽约创业期间，还曾和一个白俄罗斯血统的女高音歌唱家有过一段地下情。他是在替一家艺术杂志拍摄歌剧《蝴蝶夫人》剧照时认识她的。当时他已经有了家室，而她比他还要大好几岁，先前曾经嫁给一个欧洲的作曲家，随同丈夫移居美国，后来离了婚。

演出时，她戴着日本艺伎的发套，披着大红的和服。一张煞白的幽灵般的面孔，涂着血红欲滴的唇，勾着浓重的眼线，眼角染了两瓣桃红色的胭脂，像两柄弯刀的尖刃刺破了左右鬓角。

他说，他那会儿爱她爱到发狂。为了和她幽会，他跑到哈得孙河对岸的新泽西州小镇上租了一套公寓。她总是有换不完的华服，赴不完的沙龙和晚宴，谈不完的事情，忙到一连好些天都不见人影，有一阵子半夜才来，天明即去。有时候他也会以工作的名义陪同她前往。碰上那种场合，她总是会为他添置各种时髦的行头，把他打扮得像个曼哈顿的公子哥。不知道她哪来那么多钱。

有一天他出差回来，一向乱七八糟的公寓变得异乎寻常地整洁，她所有的个人物品都被收拾一空，包括他为她拍过的所有相片及底片。哪怕一根头发丝都没留下来，如同从犯罪现场被抹去每一枚指纹——除了留在盥洗间镜子上的一个口红印。

几个月后，他的一个钢琴家朋友在卡耐基音乐厅演出时又看到了她。她打扮得花枝招展，和一个西装革履的老头儿十指相扣。那人是一个艺术基金会的总裁，听说做过国会议员和外交部高官。

再往后，那个女人便下落不明。有人说，她是接受过克格勃秘密训练的“燕子”，已被情报人员控制，还有人说她已被遣返欧洲。无论如何，他再也没有见过她。

唯一的纪念就是那张发表在杂志上的演出剧照。她正在唱一首咏叹

调，西子捧心似的捂着胸口，眉心拧成几道丘壑，表情扭曲得像刚吞了毒药。有好长一段时间，每当万籁俱寂之时，他仿佛还能听到那美得惊心动魄的歌声：

晴朗的一天，遥远的海面上升起一缕青烟……我长久地向海港张望，期待着和他幸福地会面……“我最亲爱的蝴蝶，快来我的怀抱！”这声音还像以前一样美好，一切的痛苦都会忘掉……

芮雅只顾抽烟，好长一段时间没开口。江上吹来凉爽的夜风，我们不约而同地转过头去看那些璀璨通明的游船，周而复返地从一座桥驶向另一座桥，载着一船人来，又载了另一船人走。夜潮上浮着一道道彩色的流沙铺成的光河，水纹的律动，波光的曼舞，像各自怀着一个冷冷的隐约的呼唤，年深日久，唤成了一个个绮丽的呓语的孤魂。

夜深了，我们似乎都有点儿恍惚，像刚从催眠中醒来。

十米开外，那个新来的驻唱女孩换了一首忧郁的小调，尾音颤得像故意把一条有陈年香水味的黄手绢簌簌地抖给人看，倾诉和挑逗都被抖得乱了套。

“换了我是你，一定要跟老头儿好好讨教讨教。”烟头摁在烟灰缸里，发出“吱”的一声响。

又来了。又是那种舍生取义、不枉此生的气概。

芮雅俯下身去，重新点了一根烟。隔着淡蓝的烟雾，她突然眼色一飞，瞄了我一眼。“你笑什么？说真的，尝过一坛七十年的陈酒，再去喝二三十年的，就跟白开水一样。就算这些事都是编的，也不是人人都编得出来的。单单为了你写书都值！”

我不由得苦笑。假如芮雅去写专栏，估计每个在情场上和她交过手的人，都会被当成榨汁的甘蔗，用来酿朗姆酒。物尽其用，可以奢侈、绝不浪费，这是她一贯的主张。谢天谢地，她不写专栏。

我决定从长计议，把那篇专访再推一推。除了先前的顾虑，其中也有私心作祟的成分。我的确不知道，这些荒诞诡异的故事是不是一派胡言，但我敢肯定的是，拿它们来写新闻稿，等于暴殄天物。我自有我的讨教方式。

Sam从头到尾，一次都没有催过我稿件的事。仅凭这长时间按兵不动的能耐，他是得了圣地亚哥的真传的。尽管这两个老头儿一点儿都不像，他脸上没有热带的日光晒出的瘤子和皱纹，手上也没有经年累月拖拽钓绳磨出的创痕，更没有一双海蓝色的从未战败过的眼睛。

与此同时，我也感知到了某种潜在的危险，就像在船桅前方看见预示着暴风雨即将来临的海燕群一样。第一个危险的迹象是我开始有意无意地在邮件和短信中称呼他为圣地亚哥，而他总是称我为曼诺林，即书中那个渔夫的学徒。取绰号这件事，意味着我们正在建立起一种按照经典新闻学理论来说严格禁止的对等失衡的亲密关系。

坦白说，遇见Sam的时候我正处于低谷期，事业上陷入瓶颈，何去何从一筹莫展，又刚刚结束了一段糟糕的恋情。那段时间，我经常去小区附近的夜市闲逛，什么也不买，只是沿着“井”字形街道流连，沉湎于无重力、无意志的漂泊中，然后，沾染了一身汽车尾气、汗臭味和腐烂的蔬果味道，悻悻而归。

我反复告诫自己，最好把Sam当作一株格外粗壮、饱满多汁的甘蔗，勿忘彼此往来的初衷。可随着我们进一步熟络，我却莫名地开始在邮件和短信中向他提出一些与采访主题无关的疑惑，征求他的意见。

他总是回复得很快。有些建议听上去像是挂在钩子上的鲜美的沙丁鱼。譬如，他问过我有没有想过换个环境，去美国留学或者进行短期学术访问，他愿意促成此事。而另外一些则更像是一个笑话，或是糊弄。当我不知不觉地提到感情上接二连三的挫败时（我对此非常后悔），他竟然问我有没有尝试过和女人交往。他说他认识的那些曼哈顿单身女贵族，有很多都热衷此道，其中还有人组建了法律意义上的家庭，未尝不可。

这个70岁的老头子到底在耍什么把戏，说真的，我对此拿不准的时候居多。不过，归根到底，他的中心主旨不曾变过：结婚生子，跳槽留学，这些都不是人生的目的，人应当根据要去的地方选择航线，而不是因为踏上了某条航线而沦为某一种人。

另一个值得警惕的迹象是，我们开始互赠礼物。摄影展览举行期间，我发了一条简要的展讯，把报道的电子版链接发给了Sam，但对于个人专访的事，一字不提。他寄给我一个特别礼包以示感谢，包括一本《老人与海》英文原著小说，一套1958年电影版DVD，还有一本卡洛斯·贝克所写的《海明威传》。作为回赠，我又寄给他一本介绍地方自然风光与民俗文化的宣传画册，其中有一章涉及他的故乡，那一部分正好是我写的。

展览落幕后，Sam在离开中国的前夕，特意请我去吃夜宵。我大口嚼着烤生蚝，喝着冰啤酒，忍不住再一次旧事重提，抱怨连篇。他不置可否，用食指及拇指握住一只青褐色的淡型雪茄，在特制的点火器上娴熟地转动烘烤。烟叶溢出一股绵绵的醇香，起初闻着像咖啡，微微有些发苦，苦到根子上又登时变得甜丝丝的，如此反复循环。每次呼吸，都像有人踏着“之”字形的步点摇曳登场，一对一对地绕着我跳起优雅的贴面舞。

我还在那里说个没完，而他一副闭目养神的模样，优哉游哉地吐着烟雾，犹如一个会魔法的老海怪，从烟卷中不断召唤出一片浅蓝色气息的海洋。海面上漂浮着可可、桂皮、果仁和松柏，气雾状的潮水沁人肺腑，缓缓地在我身边打着旋儿，起起落落。我泄了劲头，渐渐不再开口，听凭整个身心被那不存在的浪花轻摇慢晃。晚风拂来，在那云雾的暗流之下，似乎有许多小到肉眼看不到的水母，伸出凉凉的触须，弄得我的鼻尖酥酥地发痒。

片刻过后，他睁开眼睛，显露出一个愉快的表情。他对我说：“亲爱的曼诺林，我再给你讲一个故事吧。”

讲述往事的时候，他大都是一副不动声色、近乎冷漠的腔调，给人一种博物馆解说员之感。只有在讲到下面这段故事时，换成了另外一种压抑的低吟似的口吻。

“那时，我还在香港。她是个女学生，印象中不算很漂亮。个子不高，很苗条，齐耳短发，总是穿着一身阴丹士林布旗袍，斯斯文文的。我经常在傍晚去学校门口接她，然后一起到山脚的茶餐厅吃晚饭，去冰室或者凉茶铺坐一坐。她上的是教会学校，管得很严，我得赶在门禁时间之前把她送回去。我到现在都记得她走路的样子，脚步很轻，身上有一股淡淡的奶油味儿，很好闻，也许是雪花膏，就像有一小片有香气的云彩一路跟着你飘下来似的。

“在我离开香港去西贡的前一天晚上，又去和她见了一面。没有人知道这场战争要打到什么时候，我会不会丢掉工作，什么时候能回来，究竟能不能回来……我的脑子很乱。但是，我想，也许这是我这辈子得普利策奖的唯一机会。我们还像以往一样，穿过半山的公园，沿着蜿蜒的山道，朝山下的骑楼街走去，两个人都没说话。我根本没有胃口，她吃了几口，忽然停下来，小声地问今晚能不能去我那里过夜。我摇摇头，拒绝了。她才18岁，是个正经人家的姑娘。

“时间还早，我不知道带她去哪里好，只好掉头往山上的公园走去。香港3月的天气还有点儿凉，刚下过雨，山上开始起雾，空气潮乎乎的，蛰得人的脸又痒又麻。夜里的狮子山是湛蓝色的，很美，但我没有心情欣赏，整个人无精打采的。上山的路我从来没有走过那么久。

“公园里有很多橘红色的花，大串大串的，样子像龙爪菊，又有点儿像一丛丛的珊瑚枝。湿漉漉的，像是被不晓得哪里来的洋流送过来，落潮的时候堆积在黑漆漆的树林里。她说，那种花叫炮仗花，开起来像放鞭炮，刚开始像一颗颗火星，不知道什么时候就炸开了，墙里墙外到处都是。我当下心头一沉，觉得是一个不祥的征兆。

“我们在公园的花架下坐了一会儿。她的脸一点一点地消失在最后的天光里，变得越来越模糊。我想说些安慰她的话，却什么都说不出。四周只有花木的阴影，看不见人，静悄悄的。她捧着我的手，小声地唱起一首欢快的外文歌。唱的不是中文，也不是英文，是我听不懂的外文。唱着唱着，她哆嗦着唱不下去了，大滴大滴的泪，落在我的手背上。我抱着她吻了很久。

“我把她送到宿舍门口，没说几句话转身就往山下走，心里堵得像压了块石头。走了几步，一回头，她还站在路灯下，定定地看着我，眼睛红红的。我忍了又忍，向她挥挥手，示意她赶紧回去，她还是站在原地不动。我憋得喘不过气来，只能就这样看着她，就像看一幅画似的。不一会儿，门禁的钟声响起来了，是那种教堂里有旋律的钟声，在山上连绵不绝地回荡，像很多天使在头顶上飞来飞去。她抬起手向我挥了几下，这时，整个宿舍的灯一下子熄灭了，什么都看不见了，她就像被一股突如其来的潮水给卷走了。

“去了越南，我们刚开始还能通信，离开西贡以后，很快就断了联系。说实话我顾不上去想她，每天都要跟随纵队穿越茂密、潮湿的丛林，每天都有人在我面前死去。我脑子里每一秒想的都是怎么保住性命：听到枪响，不要站起来寻找枪声的来源；遇到袭击，要立即趴下匍匐前行；不要靠近排头兵、播音员和救护人员，他们是主要的被袭击目标；尽量贴着指挥官，他的位置比较安全；途经洼地和沼泽，碰上下雨，要第一时间保护好相机，防止渗水……总之，千万别逞英雄，还要想法把照片发回总部去。前线的情况变得越来越糟，越接近北越的地盘，对方的反抗就越激烈，战斗就越频繁……

“有一天，我跟着一队士兵撤退到岘港的营地时，听见歌舞厅里有一个越南妓女在唱歌，曲子好像在哪里听过。我问一个美国兵，那是首什么歌。他说叫《莉莉·玛莲》，还把歌词的意思给我说了一遍。那个晚上发生的事情和歌里唱的一模一样！我的心里全是闪电的白光！我看见她就站在我面前，罩在一团微光里，跟我不停地挥手，清晰得像放电影一样。

“我难过极了，想她想到要命。我绕到一百多个裹尸袋的背面，找了个没有人看得见的地方大哭了一场。我一边呕，一边哭，不知道哭了有多久，只晓得我的脚踝都浸在裹尸袋里渗出来的血水里面。没过几天，我就看见那个好心的美国兵被炮弹给击中了，炸成了一摊泥，浑身上下没有一处像个人样儿。我发誓一定要尽快回去，不论用什么办法，我一刻也待不下去了……”

在兵营雄伟的大门前，
那里有一座路灯。
如果它依然矗立，
我们就在灯下再次相会。
就像从前啊，莉莉·玛莲，
就像从前啊，莉莉·玛莲。

我们的身影交织如一体，
让每个人见证我们爱的永恒。
所有的人都将看见，
我们相会在那路灯下。
就像从前啊，莉莉·玛莲，
就像从前啊，莉莉·玛莲。

…………

天地间仿佛只剩下你我，
你火热的双唇令我犹坠梦中。
当夜雾弥漫，
我将回到路灯下。
就像从前啊，莉莉·玛莲，

就像从前啊，莉莉·玛莲。

“这么说，老头儿再也没见过那女孩了吧？”

“是的。等他回到香港时，女孩已经毕业了。听说被父母许配给了别人，一家人都去了国外。”

“我在想，老头儿为什么要和你讲这个故事？总不会光是为了怀旧吧？”

当然不仅是怀旧那么简单。圣地亚哥放下的每一个鱼饵都是有目的的，但我不知道Sam等待的是什么。

总之，如其自述，与其说这是一个罗曼蒂克的爱情故事，不如说是一个教训：为了脱离战场，他费尽心思地效仿一些美国大兵的做法，准备了一份夸大其词的伤情报告，向总部提出了岗位调动申请，最终获得了批准。而在其他通讯社派出的竞争对手当中，有一些人却是因为坚持披露军方极力掩盖的真相——诸如公然屠杀手无寸铁的越南平民，或者在非军事区大量喷洒剧毒的落叶剂，以防止茂密的灌木丛为敌方提供掩护，结果导致数以万计的越南儿童肢体严重畸形——触怒了白宫和五角大楼，甚至被联邦调查局的人盯上。这些人最终被保护性地强制调离越南。

接替他工作的随军记者上任不到一年，就在越南和柬埔寨边境地带碰上了一次关键性战役，交火双方各自阵亡人数多达数百。他的同事因为这组报道，一举获得了次年的普利策奖。没隔多久，那个年轻人神情坚毅、充满自信的肖像，就永远留在了战争博物馆的墙壁上。

在香港休养期间，他到处打听那个女孩的下落，无果而终。回到美国后，他还继续干了一段时间老本行，可从此变得疑神疑鬼，坐卧不宁，在交织着挫败感和罪恶感的泥潭中越陷越深。“我错过了一生中作为一名记者最好的机会。”这样的念头像闹鬼一样挥之不去。他被诊断出患上了战后创伤综合征，随后，他辞了职，决定彻底换一个行当，从头再来。

“人一辈子就是一场打不赢的战争。想捕鱼就得出海，去到海口以外很远的地方。在回来以前，忘掉土地，忘掉港口，忘掉窗口的灯光，还有舒适的房子和床。这些东西比暗礁、风暴、鲨鱼还要危险。”

当他不紧不慢地追忆过去时，他一直出神地望着某个不确定的方向，微微扬着下巴，眼睛似乎视若无睹，又似乎有什么东西的投影不时掠过。有那么一刹那，我感到自己并非身处凌晨仍然闷热而吵闹的街头餐馆，而是恍如置身柔软漆黑的海底，屏息聆听某处海底裂缝中“咕噜噜”冒泡的声音。那声音既深沉又轻盈，宛如一种隔着不可逾越的时空，与幽灵对话的错觉。

烟叶味的潮汐徐徐消散，余下一种依稀可辨的类似稻草燃尽过后的灰烬的味道。酒精用手指在我的脑子里搅出一个漏斗状的涡旋，我禁不住一阵阵地晕乎。他还在说着什么，零星的话语在远处跳跃，像海平面上冷淡闪烁的月光。

天边低低的彤云，猛然间“刺”地撕开一道缝。

“亲爱的曼诺林，如果我再年轻20岁，也许现在咱们就是在床上做访问咯。”

他转过身来看着我，向我投来一个影影绰绰的微笑，眼里含着狡黠而活泼的光辉，既不是寿星公，也不是老渔夫那种。他伸出手，摸了摸我的头发。有人对着大海“咚咚”地擂鼓，一线水柱像应声而出的大海蛇，摇摇晃晃地升上天空。我僵着脖子，瞪着眼，像一头刚被人套上绳

圈的幼兽。我发觉自己的眼帘抖得厉害。

“你是很聪明的，耐心点儿，你一定会抓到大鱼的。”

我罕见地主动起身结账，客客气气地向他道谢。他眨眨眼，笑眯眯地摆摆手，用比我地道得多的粤语招呼伙计：“唔该，埋单！”

我本以为那会是Sam给我上的最后一堂课，因为我压根儿不打算完成那篇专访。和活人聊天的乐趣，一挪到纸上就只剩十分之一，何况采访从一开始就偏离了摄影这个乏味的主题，而其中的精华部分既难以考证，又不宜公之于众。

我从网上及别的途经了解到，那次他正在谈的几个投资项目似乎都遇到了麻烦，参加拍卖会的作品也以流拍告终。

Sam离开中国后，我试着将他慷慨贡献的素材加工成短篇小说放到网上，反响相当热烈。也就是从那个时候开始，我萌生了由写新闻转去写故事的打算。我似乎闻到了从入海口吹来的带着丝丝咸味的凉风，穿越峡谷与山林，灌入了我的胸腔。

几个月后，我报名参加了一项有关美国筑路华工历史的调研报道计划。我的同事们被分到加州、内华达州、犹他州等地，考察中央太平洋

铁路沿线遗址，而我则被派遣至以纽约市和华盛顿特区为中心，包括宾州、新泽西州、康涅狄格州等在内的美国东海岸一带，主要任务是重访华工后人及相关学者。

稍微犹豫了一下，我给Sam去信寻求帮助。他回信的速度一如既往地快，对我们的到来予以了热情欢迎。他不仅非常痛快地答应接受访问，还罗列了几位熟悉这段历史的研究人士的联系方式。

在他的协助之下，抵达纽约之后的采访工作十分顺利。有一天，他陪我去一家文献档案馆查阅资料。据当时亲历者记述，成百上千名华工像沙丁鱼罐头一样蜷缩在颠簸的船舱内，“日则并肩叠膝而坐，夜则交股架足而眠”。在三个月的海上航程中，因为船舱内环境的恶劣，淡水和食品的匮乏，死亡率高于60%。

Sam告诉我，他的曾祖父当年就是乘着这些“浮动地狱”奄奄一息地来到美国的。从1865年到1869年的4年间，被大规模招募至中央太平洋铁路的华工占到了筑路大军的85%以上，总计约有14000多人，大多来自广东和福建两省。

他指着几张照片，神情凝重地说，那是位于内华达山脉中的塞拉岭通道，是整条铁路施工方案中最为艰难的路段。被称为“合恩角”的花岗岩石墙，几乎垂直矗立于亚美利加河谷边上，在深达300多米、前后绵延近5千米的线路上，华工坐在吊篮里，从山顶上用吊索放下去，用铁铲和洋镐在半山腰的峭壁上掘出炮眼、塞上火药，炸出一条悬空栈道，然后再扩宽成铁路。被火药炸伤或因绳索断裂而葬身崖底的华工，不计其数。

1870年的一则新闻报道称，从中央太平洋铁路沿线搜集的部分华工骸骨总重量约为两万磅，相当于1200具尸体。而他的曾祖父因为主要工作是替工人们当伙夫烧菜，被放下去炸石开路的次数不多，再一次逃过一劫。

下一个等待着他的是1882年施行的《排华法案》。

傍晚从档案馆出来，Sam约了三位生意上的搭档，与我共进晚餐。他选了一家开在新泽西高地的餐馆，坐在露天看台上，可以隔着哈得孙河远眺曼哈顿。四个满头白发的华人老头儿在灿烂的秋日黄昏中畅所欲言，从我此行的目的，谈到林肯与南北战争、大铁路对美国历史的影响；从祖先筚路蓝缕的创业史，扯到眼下经济不景气导致的财政赤字与税率调整。我一边装出饶有兴致的模样向他们提问请教，一边偷偷地把真正的兴致对准当季的波士顿龙虾。

席间，Sam滔滔不绝地说，照目前的华人移民数量增长趋势来看，不消十年，华人族群的壮大，财富的增长，必将影响国会议员选区的划分和席位的增减。到那个时候，“不论是共和党还是民主党，想要赢得大选，都得看我们的脸色！”他的面孔被夕阳的侧光镀上金色，刀刻般的深邃的线条，划破像南极仙翁似的圆融的红光。我又一次从那双眼睛里看到了有如从石头缝里凿出火星的光亮。

晚餐的后半段，他们抽着哈瓦那雪茄，喝着陈年茶色波特酒聊起别的事：棕榈泉各家高尔夫球场的优劣，迈阿密游艇会的见闻，某人的德州马场新到了几匹澳洲纯血马，云云。空气里缭绕着焦糖、皮革和香料的芬芳，烈性的果木野香以及满桌子海产壳汁的鲜味。他们时不时地大笑，举杯互祝健康。这些话题让我更加难以招架，我慢慢地走了神。

那一天，越过哈得孙河谷大片的芦苇滩涂，我看到了分外壮观的火烧云。在那恣意泼洒的红紫色调之下，是纽约珠光宝气、令人眼花缭乱的夜景。帝国大厦顶部的灯光，像低垂的金星一样，傲视着洒落在钢筋铁骨丛林中的闪闪萤火，阴郁的铅笔形楼身宛如一个蒙着面纱的未来。

我想起了《在路上》结尾处描绘过的场景："每当太阳西沉，我总喜欢坐在年久失修的破败河堤上，眺望新泽西上方无垠的长空。广袤的原始土地如巨浪一般向着西海岸涌去，道路向着那里延伸，它的浩瀚令人心驰神往。"

在菲茨杰拉德的笔下，纽约"拥有所有世界之初的彩虹"：每一条街道上都能听到金钱的咆哮和午夜狂欢的美妙噪音；每一间酒吧里都有一群烂醉如泥、贫穷潦倒的年轻人；每间小公寓里都有一颗像鬼魂一样徘徊的孤独之心；喝不完的杜松子酒倾泻成河，传不尽的流言在天上打着响雷；不朽的青春的蜃景，在恶浊不堪的舞厅的迷雾中扩散……它是快活的、强健的，也是忧郁的、不安的，它玩世不恭、无情无义，它歇斯底里、化为泡影。

这里也是艾丽西亚·凯斯歌中所唱的纽约："这里的大街让你感觉焕然一新，巨大的霓虹灯将带给你启迪。世界上没有别的地方能和这里相比，在这儿没有你不能做的事。"一群疯子高举着手，点燃打火机舞动双臂，纵情欢呼："Yeah！Yeah！Yeah！"

我还想起了Sam讲过的那些离奇的故事。我不知道他眼中的纽约是什么样子，正如长久以来我不明白他到底在静候什么样的猎物。或许，那是一条我根本就没有见过的大鱼，和这深海巨兽比起来，先前我所知晓的、揣测的、在意的，仅仅相当于一小片鱼鳞。

我在美国待了半个多月，大部分时间都待在纽约，Sam帮我找了一家他朋友开设的酒店式公寓，舒适方便不说，租金尤其合算。每隔一两天，他都会和我通话或者写信，我向他汇报工作进展和生活琐事的频率甚至超过了与总部的联系。好些年前，因为太太身体欠佳，Sam的家人已经搬到气候宜人的南加州去了。他说回纽约只是为了应酬和处理生意上的事情，顺便拜会一下老朋友。有一个周末，他还驾车带我去附近的大学校园、博物馆、剧院兜了一圈。当我从费城、波士顿等地采访回来时，还在酒店前台收到过他留下的礼物——几份资料影印件，一盒糕点，还有两瓶我急需的感冒药。

行程临近尾声时，我在华盛顿。回国之前，Sam专程赶来为我送行。那一天，我们沿着美国首都的中枢神经，去看国会大厦、白宫、华盛顿纪念碑、林肯纪念堂、阿灵顿公墓。目光所及，是美利坚密集如林的荣耀和创伤，光华背后必有哀恸。我拍了好些照片，献花的老人，林荫道上的祈愿结，“越战墙”边的玫瑰。他端着他的尼康，也拍了不少。我们分享着相机里的成果，他遵循惯例先夸了我一通，再针对用光、构图提了一些实用性的建议。

下午，我们在国家大草坪周围散步，刚巧赶上一场露天爵士音乐会。舞台四周，人们在无遮无拦的蓝天绿地之间或坐或卧。桶鼓的鼓点和低音提琴的拨弦声隆隆作响，黑人乐手相互调笑、叫嚷，底下的人吹着口哨鼓掌。萨克斯得意扬扬地兴风作浪，花哨的小号像是凌空出水的鱼群，高高地甩出一串银色的飞沫。

我拣了一个有树荫的位置，曲肱为枕躺下来，喝冰镇的樱桃可乐。头顶上，金黄的树叶替蓝天编织了一圈奥林匹亚花环，阳光刺得人睁不开眼，我把亚麻牛仔帽往下拉了拉。连日来积蓄的压力随风而逝，我懒散得像一堆沙子，只有脚指头不由自主地随着节拍晃动。

我迷迷糊糊地睡了一会儿，全然忘记了还有一个人坐在我身边，磐石般地沉默。等我觉察到失礼之处急忙直起身来时，Sam还是一脸宽宏的笑容。

我这才回过神来，想起理应向他致谢。我告诉他，关于他家族的报道已经发回国内，不日将正式刊出。

他笑着摇摇头，说“不急，不急”。他说，他很喜欢我送给他的那本画册，他有一个计划，希望出一套家族历史回忆录，还有一本祖居地风土人情的摄影集子。他谦称自己的中

文退步得太厉害，问我是否可以助他一臂之力。

我迅速地估计了一下接下来的工作日程，结论是我只怕有心无力，难以担此重任。

“曼诺林，我接受过不少中文记者的采访，这些年我一直在物色合适的人选。我会支付你应得的报酬，如果你愿意辞职，我将聘请你做我的助手。”

他最终的目标是依靠这些出版物争取多方支持，在加州或者别的什么地方，集资修建一个永久的家族纪念馆。他说，谋划这件事已有很多个年头了，这是他后半辈子赚钱的最大动力。

“我的先人替美国修建了铁路，铁路改变了美国，他们又做了那么多年的纳税人，一直做到我这一代人和我的下一代。他们完全有理由值得被更好地纪念，你说呢？”

我对这个宏大的愿望表达了敬仰，再次果断地为自己的才疏学浅深表歉意。“Sam，这真的很了不起，可是，那不是我想做的事情。我没法报答你。”我在心里这么说，一丝并非出于客套礼节的难过，像一滴墨水滴进心里晕染开来。

“啊，那真是太遗憾了。”他搓搓手，又握在一起，嘴边不自然地抽搐着，尽量显现出一个轻松的笑容。他说，“我在网上看过你写的东西，你是很优秀的，可以说是我最满意的一个。”

我尴尬得低下头去，无所适从地揉弄着地上的一根草茎。

音乐会结束了，人流分头散去。在倏忽轮转的光线中，空旷的草坪透出富有流动感的波光粼粼的色泽。华盛顿的秋色浓如油彩，庄重而岑寂。脚下是厚厚一层赭黄色的树叶，我想象着自己是一段空心木头，在这平静而绵软的枯叶海上一无所思，任由热风和微浪拥着我的躯壳飘飘荡荡，去向不明。我注视着叶端浮光跃金的点点余晖，像水花一样穿过指缝泯没不见，良久不语。

当我再次感受到Sam那双手的温热从头顶蔓延至肩头时，我顺从地蜷起身子抱着腿，整个人缩小了一圈，像一块半融的黄油。

我靠在他的胸前，喃喃地自言自语："Sam，对不起。"

我的背后传来一声叹息。像是很远很远的地方，有什么东西从高处坠落，发出细微的粉碎声。

"不要紧，我知道你有自己要做的事。这是你和别的女孩不一样的地方。希望将来有机会，你可以常来美国。"他搂着我的肩，在我耳边轻声说，"亲爱的曼诺林，祝你好运。"

我不记得那天Sam把我送回酒店之后我们是怎么友好地互道再见、行礼如仪的，我只记得，第二天飞机起飞前，我一直盯着凝结在舷窗上的雨滴。每一滴今天的水都是昨天的云，过了今天，就会变成风。到了明天，风会飘向最辽阔的海洋和纵贯宇宙的星河。这些古怪的念头，让我感到前所未有的疲惫。困意像临刑的绳索越缠越紧。

圣诞节快到了，我给Sam寄去了一份毫无新意的礼物——我所写的报道。和上次不同的是，这次寄出的是纸质样报，而不是电子版链接，信中还附上了一张圣诞卡片。但过了很久，我都没有收到他的任何反馈。

我一度理解为这是一个老渔夫收回空钓丝的正常反应，没想到第二年春天，我却收到了他的电子邮件。在信中他解释说，头一年年底生了一场大病，一下子老了20岁。每天要卧床静养，看什么都老眼昏花，干什么都手脚发颤，气喘吁吁。那些满世界飞来飞去、使不完的精力，一夜之间全都不知道跑哪里去了，现在居然沦落到出门要坐轮椅，彻底成了一个没用的老家伙。

他在信里发了一通牢骚，又说忽然发现“含饴弄孙”是一件好玩的事，这让他感到很不妙。更可怕的是，他开始操心起他那个超过30岁还没有恋爱对象的小女儿的婚事，他怀疑她压根儿就对男人不感兴趣。

写这封信的时候，他正在认真考虑那些“最坏的事情”。他还说，很想和我聊聊近来的状况，但他的太太叮嘱过护工，在她不在的时候，绝不可以纵容他上网太长时间，所以只能三言两语，言不尽意，祝我一切都好。

随信附上的还有一套黑白照片，都是在华盛顿那天拍的，有两张是请其他人帮忙拍的我俩的合影，其余都是我一个人：我蹲在“越战墙”边拍玫瑰，在波多马克河边凭栏远望，在大树底下盖着帽子乘凉……

“Dear Manolin, I hope you stay forever young and never too old to

live your dream."（亲爱的曼诺林，愿你青春常驻，永远心怀梦想。）

我在回信中向他表达了问候，并祝他早日恢复健康。整整一年，关于他的新闻动态没有任何更新。圣诞节前，我正式在杂志上开设了专栏，寄了两本给他，然而，我再也没有收到过他的只字片言。

直到下一个圣诞节，依然如此。

芮雅已经趴在桌子上睡着了。河畔酒吧街只剩我们这一间还没有打烊，我们是唯一一桌还没有结账的客人，在浓稠的夜色的围困中，像残局上两颗不肯服输的棋子。服务生打着呵欠打扫清洁，走过来问我要不要帮忙叫出租车。

我仔细打量着芮雅的侧脸，嗅吸着她脖子上汗濡濡的脂粉香水味，突然发觉我其实对她是怀有倾慕的。我羡慕她的豪情，她的洒脱，她的大方、省事，就连她的傲慢无礼——难得当一回听众，却有始无终，我也是羡慕的。因为这样一来，就不必听到这个冗长的故事的尾声。而我最羡慕的，是她的单纯——单纯到掐头去尾，只取一瓢，从来不在乎会不会被人记得。

我推了推她，她迷迷糊糊地睁开眼，撑着台面用猫一般的姿势，长长地伸了一个懒腰，娇憨地一笑，揉了揉眼角。她的眼妆有些花了，唇彩都抹在了烟蒂上，可这并不妨碍她越发显得艳光撩人。

出租车上，她倚着我，像个3岁小孩一样缠着我的手臂，暖烘烘地喷着鼻息。我不知道今夜她会梦见谁，"圣诞老人"、电影明星，还是别的男人，但我清楚地记得我曾经梦见过一回Sam。

有一天，我梦见他独自坐在公园的长椅上，双手拄着拐杖，前额抵在手背上打盹儿，身上落满了金叶。他简直瘦成了另外一个人，背脊弯得像一只老迈的海虾。往日那张喜团团的脸，因为面朝下方塌得厉害，鼓得满满地坠着。眼圈周围从生的皱纹和腮帮上的老年斑，看上去就像书中所写的那样，“像是用好多面粉袋子补过的旧帆”。

时至今日，当我偶尔想起这个人的时候，在我心里，他仍旧每天驾船出海，在那片由男人的尸骸和女人的肉身所组成的马尾藻海上游荡。他不去想离开港口有多远，也不计较天气和收获，一心一意追寻着海里那些神出鬼没的大鱼。每一个逝去的日子，每一轮沉入大海的落日，都变成了一尾鲨鱼，成群结队地紧跟在他的后面。趁他夜里停下来休憩时，它们悄悄地聚拢来，在小船的底板上磨它们的牙齿。

我时常想，他在船上会梦见什么呢？会不会和圣地亚哥做同样的梦？——不再梦见风暴，不再梦见女人，不再梦见伟大的事件，不再梦见大鱼，也不再梦见打架和角力，只梦见白得耀眼的沙滩，还有海滩上的狮子。

“它们在暮色中像小猫一般戏耍着。他爱它们，如同爱这孩子一样。”

“他从没梦见过这孩子。”

黄昏收集者絮语

七堇年

爱的安亡，使我们每个人都成了守墓人。

不知为何，那个晚上我脑子里不断浮现出的画面，是两个无所事事的中年人，坐在幽暗的亭子里，默不作声地喝盖碗茶。四下全是雨水的腥湿气，黑色的屋檐静静滴着雨。两人就这么消磨一下午的时间，相对无言，风平浪静，背后各是一生的波涛诡谲，不可说。

傍晚，暮色，落日，夕阳……

怎么说都好，你知道的，就是那一小段稍纵即逝的时光

黄昏不叫作黄昏，仍然是哀丽的

一如莎翁所说

玫瑰不叫作玫瑰，仍然是芳香的

——题记

1

我这才发现，我常年生活的城市，因为多云，是一座没有落日的城市。

坐在餐馆的院子里等人，没有灯，暮色四合，仿佛一帘帷幕坠下那般迅速。黄昏显得如此浓郁，叫我突然回过神来，想，原来我这么久没有见过这里的落日了。

是时刚刚从美国旅行回来，先是自驾车横跨大陆，从旧金山开到了华盛顿特区，历时五六天。又从华盛顿特区开始，使用不同交通工具，一路停留，从东到西，回到洛杉矶，绕了一个大圈。

那一路上让人印象最深刻的，竟是每天傍晚的一场落日。

加州一号公路的黄昏，夕光洒满了海面，金跃银闪。

优胜美地国家公园的黄昏，落日化为一只鲜红的咸蛋黄，隐没在层层山林背后，半个西天都是淋漓尽致的血红。

新墨西哥州的黄昏，整个西天铺着几片粉红色与紫色的雷雨云，云块巨大无比，低得仿佛就贴在车顶，云中全是闪电，像是一个人在云层背后飞奔，白驹过隙似的，时不时在云缝中露出闪光的耀眼身影。那些闪电，或因遥远，竟然全无声音，只见光剑。随着天色渐晚，漫天粉红和紫色的云变成深蓝，继而又变成了藏青色，色彩饱满艳丽，如天鹅绒丝缎。闪电把整个天空都劈为两半，大雨倾盆而下，一瞬间仿佛在瀑布底部，什么都看不见了。其景之壮观，真是终生难忘。

华盛顿特区的黄昏。落日从林肯纪念堂背后落下去，形成了一只天然的心形云朵，许多人驻足拍照。可惜方尖碑正在维修，罩上了一层脚手架，有些煞风景。

纽约的黄昏，昏昧、闷热，有时候有雨，独自坐在酒吧随便喝几杯什么，这座城市的饱满热烈与一个人的无所事事对比太大，尤其令人孤独。

盐湖城的黄昏。我一个人站在房间窗口望着晚霞如油画一样，颜色四溢，忍不住下楼去游泳，躺在水里望着落日，那一刻像回到久远的童年。

而在亚利桑那州野营的黄昏，篝火刚刚熄灭，苍穹便撒满了漫天星辰。夜里帐篷里面冷得像冰窖。我听着远处的山上传来的阵阵雷声，想，这一趟旅途之后，我打算从此只做一名黄昏收集者。

2

记得在华盛顿那几个傍晚，我总是坐在杜邦环岛的街心花园长椅上，和周围那些各式各样的陌生人一起，彻彻底底地发呆，看匆匆来往的行人。唯一不同的只是他们歇歇脚就走，而我一坐就是四五个小时，没有人坐得比我更久。如果说一个城市是一本书的话，我会感觉自己像一枚不起眼的书签，偶然被命运插入了这本书的几页，读到了它的几行片段——

杜邦环岛是一个著名的同性恋社区，随处可见花枝招展的年轻男人三五结伴，在街心花园碰了头，相约去小酒吧度欢乐时光。跑步锻炼的人穿着艳色的运动装匆匆而过；上班族提着公文包从地铁门涌出来；遛狗的人聚在一起用摄像机拍视频；单身白领拿着一盒沙拉，坐下来吃。一位戴眼镜的斯文男青年抱着竖琴坐下来，放好谱架，对着乐谱弹奏，似乎丝毫不介意背后一组朋克乐队也在表演，贝斯和爵士鼓声很吵。

有个高大的白人流浪汉，面容竟然还很标致，穿着一双破了洞的露出大脚趾的袜子，裹着一条脏得看不清颜色的毯子，脚边放着一只杂物塑料袋，每天下午4点到5点之间，都坐在长椅上。有时候是认认真真沉默地读书，有时候和我一样茫然望着人群，有时候专心致志地拿刀片在自己胳膊上刻画着什么。他不闹、不疯，5点之后公园人多了，他便默默站起来，裹着毯子离开。是发生了什么事，让这样一位年轻力壮的白人男性选择这样的流浪汉生活？我几次很想要走上前去问问他，但始终没有勇气。

我还曾注意到一个容貌清丽的白人女孩，手持一本书，以矫揉造作得几乎可笑的姿势，端坐在喷泉边上一个高高的明显位置。我一眼断定她一定不是为了读书——从她那犹疑不定的眼神，按捺不安的身姿，以及刻意把书的封面立起来的辛苦用心，显然知道她在等待一个从未见面的人。碰头暗号一定是那本书。果不其然，过了很久之后，一位男士来到，环顾周遭，看到她的那本书，便朝她走过去，两人的唇语明显是在自我介绍。笑着握手之后，姑娘收好那本她根本没看的书，两人相约离开。

因为坐得最久，所以大概只有我才洞察到了这一则小小的人间喜剧，未曾想到国内20世纪八九十年代人们首次约会以书相认的老梗居然在这里可以重现，不禁笑了出来。

那一天先后打断我观察的，是两个亚洲女孩，和一个犹太男孩，他手持一瓶啤酒走过来，问我要打火机。

后来的几天，没有坐在杜邦环岛的时候，我就坐在国会山下面、方尖碑前面的草坪边上，在浓得让人易醉的黄昏里，看年轻人热火朝天地打棒球、踢足球——都是朋友们组的队，煞有介事，装备齐全，带了金毛狗，还有折叠椅、运动饮料，都穿了好看的队服，玩得非常认真。

在国内，我们很少见到成年人对于玩耍和消遣这么认真。他们很少认真对待玩耍，而是把生命用在了认真学习、认真工作、认真挣钱、认真奋斗……上面。

这当然是对的——反正生命不是浪费在玩耍上面，就是浪费在奋斗上面——然而，奋斗的初衷，往往是为了最后能玩耍，不是吗？

3

回国后就再没有见到如画的落日了。雾霾天没完没了，混混沌沌地亮了，又暗了。一天，又一天。

后来有一次，在北京去天津的高铁上，才又看到了落日。

初秋的落日，像雾一样铺陈在浅浅的杨树林上，那一刻像极了纽约郊外——也是在列车上，纽约去往芝加哥的慢车，车窗是茶色的，一路看去，不知是河是海的水域，无边无际，也是在雾一样的暮色里。列车的茶色玻璃令眼前一切变得像一卷底片，你知道这卷底片记录的风景已逝，突然舍不得将它洗印出来了。

那天我突然感伤，回忆像一群捣蛋的孩子那样追上了我，把我逼到墙角，蓄意嘲弄我，要我缴械投降。我成了手无寸铁的倒霉蛋，也的确毫不反抗地缴械投降了，虽然我多么清楚，在我们密密匝匝的，疲惫的

生活中，感伤这种东西是多么无济于事，而且很容易沦为笑柄。但那一刻，窗外的景物飞逝，仿佛给了我片刻的自由，让我明白时间给我的遗产永远都在，只是我太少回头。

少年时写“在旅途中想起来的人才是最爱的”，这句子是无心之笔，现在回头去看竟成了真的。

也就是在去天津的那天，我在列车上听的是小娟《山谷里的居民》。这专辑中翻唱的《走在雨中》，当时是在广州中山纪念堂听的现场版。

小娟穿着白裙子，嗓子也如白裙子一样干干净净。从来没有一个人的歌声让我泪如雨下——真是羞于启齿，我竟然泪如雨下了。当时身边坐着的是S，我哭了一整首歌的时间，但S却不知道。

一个坐在你身边的人并不知道你在哭，可见两人之间也是穷途末路了。

后来，也就是我在芝加哥旅行的时候，有天夜里走出酒店散步，市中心繁华地段在晚上仍然人潮如织。我望着密歇根大街上的灯火，以及映满了灯火的芝加哥河，不由得在桥上停下了脚步，觉得这一幕如此熟悉，颇像广州的珠江夜景。

我也就想起了几年前那个百无聊赖的夏天，我们也是散步，无聊到去坐珠江的夜游船，空荡荡的船舱，日光灯惨白而透亮，活像一个年老色衰的妓女，哗啦一下脱光了衣服，不给一丝想象的余地，叫人欲望尽失。还好S很体贴地给我剥红毛丹吃，吃掉整整一大袋，从前我没吃过，听说是野荔枝。

距离珠江夜游一年后的某个夜晚，我们拿着免费赠票去中山纪念堂听歌手小娟的现场演唱会，明明还有另外一个朋友在，可我一点儿都顾不上了，小娟的歌声竟然就这么令我潸然泪下。所以如今一听到那首《走在雨中》，就想起S，想起歌词里唱到的：

往事
说不尽
就像山一样高
好像海一样深
甜蜜迤逦
彩虹般美丽往事
说不尽

我也不明白，其实我也才浅浅二十几年阅历而已，何以至于这样泪下。大约只是落寞，想起了这一生我们以为的很多事，也就是我们的“以为”而已，不过如此。

剩下的，只有广州夏季的暑溽，连同一些细节碎片，向我印证那样一段日子真实存在过。绵密潮湿的炎热，晒得人快要融化的大太阳底下，我和S心烦气躁地在闹市区一家菜馆吃了叉烧饭，汗水顺着额头往下掉；结账的时候价格小贵，S接过服务生递来的账单，仔仔细细地计算价钱有没有出错，还动用了手指。吃完饭，困得眼睛都睁不开了，走很长一段路去公交车站，坐上公交车之后我真的差一点儿就睡过去了。

再没有什么能比公交车更让人感觉生活窘迫了：汗流浃背气味杂陈的公交车，塞着一厢陌生人，面目皆相似且模糊，种种生活不易都明白无故地写在脸上。那种凝固的、结结实实的、挥之不去的疲惫与麻木，令人感觉可怕。

我们下车后，又走了很长一段路，进了小区院子，爬完长长的楼梯，才回到家中。颓坐在沙发上，屋内光线昏暗，空气闷热，可能是因为心情烦躁，我拿接下来的一下午时间都不知如何是好。

那一年我抑郁症很重，茫然得像无头苍蝇，一次次从老家飞去广州，急于将自己交付出去，几近无理偏执。先是蛮横闯上舞台，演足一个牺牲者的戏份，再攒足了怨气，最后一股脑地撒给对方，跳下舞台就走，留下张口结舌的舞伴和莫名其妙的观众。万般自我否定之下的生活，真是再没有比那更绝望的了。

又失眠。有时候挣扎到凌晨四五点还睡不着，S正酣梦，我便一个人走上阳台，看着好不容易稍微清冷了一下的广州城。天怎么也黑不透，那种不彻底的黑暗，混沌至万念俱灰。

有时候又是一个人冲出去。12月的广州在夜晚还是有些凉意的，顶着大风绕着大桥走一大圈。星海音乐厅灯火荧荧，门前总有流浪歌手坐在音箱上弹吉他，高声歌唱。气喘吁吁地冲回家来，闷声不吭，和衣就睡。

硬板床上被子很薄，冷得我瑟瑟发抖，床单经久不洗，气味复杂，我枕着那种挤公交车一般的落魄和无助感，想念老家，闭眼渗出泪来。S苦闷而无奈地看着我，无法理解，也不知如何是好。

最好的回忆，大概就是去烧烤摊吃生蚝扇贝了。烟熏火燎的夜晚，简陋的小桌子上杯盘狼藉，酒瓶子散了一地。喝到夜深，也不想回家。那条长长的楼梯，永不开窗的小卧室，气味陈杂的床，黑暗的小厕所，让我不敢面对。我又不能不顾情面地抱怨，为何并不拮据，却非要过得这么潦草。

其实大约是生活的真相，叫我不敢面对。

今日回想起来真是又悔又愧——当时我的抑郁是生理疾病，固然可以谅解，我也不想如此。但受苦的不仅仅是自己，更是别人啊。

那时我对S说过，你不知道我在你身上有多大的梦想。

其实后来才觉得，两个人之间，别说这么重的话。许多重话本就是夸大其词，好像在一上路的时候，就背负了沉沉包裹，稍微远一点儿就累。反倒不如什么诺言什么期许都没有，轻车熟路走下去，能走多远就多远，指不定还长久些。

爱的安亡，使我们每个人都成了守墓人。

三年后的夏天，我就这么站在芝加哥河的桥上，望着威严整饬的壮观建筑群，在有风的黄昏里，想念起广州的暑热来。

4

已经很久没有这样放任自己与回忆独处了。旅途中长久地坐车，望着外面，往事历历在目，那感觉很像在海底潜水，缓缓前游，过去的人与事就像海底的珊瑚、礁石，绚丽斑斓或黯淡模糊，一路慢慢看过去。

七八月的旧金山，风中雾雨相杂，冷得不像话。浓雾总要到下午两三点才散去，而傍晚一来又冷了下去。出门散步，朝着金门大桥方向走，上上下下的陡坡，道路看起来像一把尺子突然翻折起来似的，像极了电影《盗梦空间》里面的梦境桥段。天色一瞬间就暗了，风很大，阴寒欲雨的样子，我冷得瑟瑟发抖，搓着双手呵气，勉强往前走，只怕停下来更冷，浑身都冻僵了。怎么也想不到这是盛夏八月天。

那个黄昏，忘记走到了哪个街区，街上冷清得一个人都没有，沿街展开两排住宅，都是小小的袖珍房子，彼此之间墙贴墙紧紧挨着，尽管都很袖珍，却一看便知是地价昂贵的街区。家家户户都是小小的门，亮着一盏羞涩的小灯，楼下是小车库，很矮，矮到我走在路上，一抬头就能清晰地看见每家每户的室内场景——皆是橘黄的暖色灯光，大落地窗，屋内大都简洁素雅，俗世的温情细腻，淋漓尽致，像一本枯燥的小说中突然插入一幅极美的暖色插图，简直叫我入了迷。

逗留一阵，竟不知不觉就入夜了。深蓝的暮色，夜寒风大，我想起张爱玲写的一段话，“……他一个人坐在沙发上，房里有金粉金沙深埋的宁静，外面风雨琳琅，漫山遍野都是今天”，顿觉恰如其分。

第一栋房子，有一个穿棕色毛衣的瘦女人坐在窗户边的白色沙发上，一盏低着头的座灯像个侍者似的，默立其旁，静静守着她看书，窗台边的花瓶里插着一束暗红玫瑰。

又看到街对面另一户人家，屋内一张桌子，四个人正在亲密地围桌吃饭，笑语不断。几只酒杯折射出亮光。

接下来的一栋房子，没有人，灯亮着，只能见到火炉壁橱上满满一墙的相框，周遭的墙壁则是满满当当的书柜……

比起美国其他地方见到的，大大的草坪和带双车车库的房子，唯独旧金山那一条街的联排别墅更给我以“家”的具象。大概因为那一刻我很潦倒，又冷又饿，根本没有出租车来这条街，只能坚持步行回酒店。深蓝的暮色像海水那样灌满了一条街，一路清寂无人，仰望着一窗窗细密排列的温黄灯火，我感到彻头彻尾地孤独。其情其景，但凡是有个人能默默陪在我身边走一段，我都会动以终身之念吧。

不知为何，那个晚上我脑子里不断浮现出的画面，是两个无所事事的中年人，坐在幽暗的亭子里，默不作声地喝盖碗茶。四下全是雨水的腥湿气，黑色的屋檐静静滴着雨。两人就这么消磨一下午的时间，相对无言，风平浪静，背后各是一生的波涛诡谲，不可说。

5

她像卸行李一样卸下了她的故事，来到我身边，在纽约。8月的某个黄昏。第十二街的那家狭小酒吧，恰如其名，Cubbyhole。

她靠近我，指着我身边的凳子，问，这里有人吗?

我摇头，又轻又模糊地说，没人。然后以眼神请她落座。

就这样她坐到我旁边的凳子上来，一个人。一看便是上班族，黑色小西装未换，金发碧眼，是寻常审美中的那种漂亮。我也是一个人。见她杯中酒尽，便给她买了一杯。

于是我们开始说话，她讲她的工作、生活、同事、家人……语调节奏像溪水潺潺流下。友善，亲切。我其实没怎么听进去，但我相信我当时的表情是显得足够认真和有兴趣的，还频频接过话头——出于某种礼貌。

当时我心里在细细揣摩的曼妙是，我与她作为两个刚好存活在这个时代的生命个体，本来各属于不同的半球，命运从无交集，此刻却近在咫尺，用语言交换各自的历史，真是叫人诧异。

也许是因为慢慢开始仔细端详，我发现她比我想象得更耐看：金发柔软，眼睛幽蓝，脸形瘦削，下巴小巧，是个美丽而平凡的马萨诸塞州姑娘。在纽约5年了，笑容还如此柔和，做一份家居设计的工作。忙的时候很忙，闲的时候很闲。住在布鲁克林。她开始越来越认清自己的性取向，厌倦男性，希望找一个女朋友。

聊了很久，一杯酒又喝完了。我恭维她，你真美。

她说，你也是，我打赌女人们会为了你排起长龙吧。

我笑，对她说，这是我在纽约的最后一个夜晚了，再喝一杯吧。

她说，真抱歉，我也想多待一会儿，可我的妹妹刚和男朋友分手，我答应了她明天要一大早趁男朋友没有回来，帮她把所有的东西都搬出来。

我带着几分失望，说，真抱歉。那……很高兴见到你。

我礼貌而克制地和她握手——此举真是生硬到与酒吧气氛格格不入，可我实在无法抹去我抗拒陌生人的本能。

她也同我握手。

以为就此别过了，此夜也差不多该结束了，她却又看着我，忽然以一种探索的语气，说，我能要一个吻吗？

我很意外，意外到居然问，什么样的吻？

说完真是后悔，再没比我这么问更蠢的了。但因为心跳加速，竟也忘记了她脸上的表情。

她说，仅一个吻。

她的舌尖极为柔软，清凉，像那一晚，阵雨过后的，纽约夜色。然后她离开了我的视线，我没有再追出去，却足足令我后悔了其后的整个夏与秋。

留下来的，只是一杯空了的生啤酒。有一个和它口味一样俗套的名字，蓝月亮。

那是一个平凡的夜晚，Cubbyhole门口依旧站着一群抽烟的女人，街道小而窄，建筑们都像发育不完全的少年一样，又瘦又矮，昏昏欲睡，正准备入梦。

夜如烟一般聚拢又消散，可我连她的名字都完全记不起来，大约是A开头的吧。

在纽约的那几天晚上，每天就是这样流连在不同的餐馆、酒吧，仿佛置时间于停顿一般，颇有醉生梦死的味道。有个晚上和几个朋友一起，一夜辗转了三个不同的lounge、club和dive bar，从上东区混到下城区，最后在凌晨4点去了韩国城一家小餐厅吃夜宵。

餐馆里，座无虚席，人声鼎沸，天花板很矮，上了年纪的韩国女服务员几乎不说英语，忙得神色匆匆。我们都没醉，恰到好处地亢奋。一桌子的食物活色生香，香气扑鼻。人们说话喧哗，高声笑谈。那一幕，仿佛是万里之外的家乡生活中十分平常的一夜。

我由此接受了生活本质的雷同——这里和那里，真的又有什么区别？迈入成年人的门槛之后，你就知道，尽管人和人这么不同，但这个世界像一只巨大的漏斗，我们作为无数细沙，从开阔的斗口纷纷被灌入，互相摩擦，相认，又离别，缓缓滑坠，迅速老去……然后从同一个窄口被排除出去——这个过程中我们每个人所经历的孤独、痛苦、温柔与幸福，是如此相似。

我们如沙，经过这样一只漏斗，最后也不过是尘归尘，土归土。

临走的那一天清晨，我一个人出门，从时代广场步行到了洛克菲勒中心，为了登顶洛克菲勒顶层观光塔，最后看一眼纽约。

我一直被朋友们嘲笑为什么选择住在时代广场附近，他们说，你应该住在格林尼治什么的试试。可

谁知道呢，我一无所知地来到这座全世界最著名的都市，其实就想看看它的喧哗与骚动。

清晨的时代广场真的没什么人，清洁工在冲洗街道。相比平时这里的摩肩接踵，那一刻更像好莱坞大片里的末世场景。

站在观光塔上俯瞰这个城市。下着雨，天色阴沉极了，能见度也不高。狭长的曼哈顿岛、灰绿色的中央公园，远处是大西洋，雨云重重。一眼望去，一小块一小块指甲盖大小的楼顶，布满了城市的面孔，仿佛触目惊心的老年斑，缓缓旋转的中央空调通风口正在排出烟雾……

在这座城市里，有过多少故事啊。它们一直在被时间的文火慢慢煮熬，百味俱备地融化在这人世里，像一锅越来越黏稠的汤，飘浮着白烟，气味浓郁，弥漫，伸展，蔓延至整个世界。

我不由得想到，这个世界，在我来到之前，就已经存在很久了，在我离开之后，还会存在很久很久。我与这个世界有过一面之缘。

望着纽约，我突然甘于了生命的短暂。

6

这一趟横穿北美大陆的自驾，是美国朋友博尔陪我一起开的。我们认识三年多了，他是个好人。

好人这样一个标签，在当今世道，放在一个人身上，多少有点儿嘲弄和同情的意味。他与妻子的婚姻步入绝境，从几年前开始，她突然不怎么理会他，甚至厌烦他。

博尔哭笑不得地对我诉说道："我几乎能像辨别分水岭一样，可以清晰地在时间轴上找到那一个转折点——她突然开始不理我了。每一次我尝试用交谈来解决问题，尝试问她，我们之间怎么了，她总是显得很不耐烦，借口说，我真的没时间和你谈这些，现在我满脑子都是博士论文的事情，等过了这段时间再说吧。

"永远都是，博士论文，博士论文……

"她显得那么忙，我也不好再纠缠。索性就留在中国台湾工作，我们分居两个半球。

"可是你知道吗……"博尔转过头来无辜地看着我，继续说道，"我每一次回到家里，没有人，收拾邮箱，里面堆满了这半年来堆积如山的信件，有很多是来自银行的信用卡账单，里面都是她去各种酒吧或者餐厅的消费记录。她其实也显然不是一周7天每天24小时地投入博士论文这档子事儿啦。

"有时候人的直觉可以是很玄乎的，那一次我收拾房间的时候，在她的书桌上找到两张叠放在一起的胸卡，是她去韩国参加的一个国际学术会议的胸卡，一张是她，另一张是一个巴基斯坦的同行……

"我问过她，我们之间是不是有第三个人出现了。每当我这么问，她总是皱着眉头不屑地对我说，别傻了！但你知道吗，她就是，就是没有，从来没有，明明白白地看着我的眼睛，说，no。"

…………

那天他就这么一直开车，一边自言自语地说下去，排挡旁边放着一杯浓郁的咖啡，时不时喝上一口。那是一个晴朗的下午，车里放着广播，是柔软的爵士乐频道，皆是一些烟熏火燎的嗓子，节奏如泛海孤舟的漂泊那样不可捉摸。

当时我们正在穿越密苏里州的绿野，阳光青翠，道路狭窄，弯道很急，几乎没有来车。是那么美好的一天。

但生命的无奈，有时候也许不因美景而得到安慰。

他的语调越来越沉缓，倾吐到一个情绪的节点，突然收住，对我说："很抱歉，我实在不想这样对你抱怨的。"

我说："没关系。"

我没有告诉他，其实我很喜欢听他讲述他的生活。因为这总能让我感觉到，在这个世界上，无论种族、性别、国籍、信仰……有时候你不得不承认，人就是人，我们每个人，从某种本质上来讲，都是一样的。

为了调节气氛，我生硬地扭转话题，问他："一天当中你最喜欢的时间是什么？上午？下午？黄昏？晚上？"

他认真想了想，说："黄昏。"

这个回答令我非常暖心。可能因为太孤独了，人与人之间，找到一丝共同点，其实都很难得。

PIER
DO NOT
TRESPASS

认识三年多来，我们时不时相见，每一次都很自然。他很善良，正直，顾家，耐心，是个好父亲。十分难得的品质。我总是很喜欢这些中年男人身上的故事。博尔年长我整30岁，可算得上是忘年交。他常常让我想起五六年前在土耳其遇到的寄宿家庭的男主人，同样是50多岁的中年男人，身材却高大健硕，没有啤酒肚，宽阔的肩上攒着许多故事。他们对于生活和情感的理解，总能够给我很多启发。

隔着性别和年岁的鸿沟看他们，犹如隔着博物馆的展柜玻璃欣赏器物。器物身上，有着凝固而静止的淡泊与无奈，使我总能看见岁月对于一座灵魂的雕刻，其刀工各有千秋。只是我也许没有荣幸，或说没有耐心，静静观看其整个雕琢的过程，于是止于乐在欣赏最后的作品。

那个夏天我们一路开车，像公路电影一样，没完没了地开，从西部的荒凉开到了东部的温润，花了五六天时间。我最喜欢的，是密苏里、伊利诺伊和肯塔基三州交界的那一小段。比起中西部的荒凉和空旷，这里的绿色使人感觉安心。有一段密苏里州的乡下，我们穿行在绵延不断的绿色丘陵深处，跨过宽阔而平静的密西西比河，其景壮观而清凉，频频令我想起马克·吐温笔下的意境。

我还想起电影里穿短裤，上身赤裸，戴牛仔帽，面颊绯红的乡下男孩，站在河水中钓飞鱼的场景。当然，这样的场景，大概不会出现在美国第一大河，那是小溪流里才能出现的场景。密苏里乡下，藏在绿荫里的房子，安安静静的门廊，窗子，蜜蜂徘徊在屋檐下，连停着的皮卡车也是安安静静的，几平方英里只有一户，大约是现代社会最日出而作日落而息的日子了。那种接近隐居一般的宁静，叫我神往。

但也许只是叶公好龙地神往一下而已了——我已经可以想象在那里

住上两个星期就该会多孤独难耐——我是说，如果我一个人的话。

许多时候，我们连续开车10小时。车上还有他心爱的儿子，10岁。很乖很聪明的小男孩，在车上百无聊赖。整个后座都是他的玩具，博尔为了这一路漫长的开车，专门买了一台DVD放迪士尼的动画片，每天允许他在车上最无聊的时候，上午看一个小时，下午看一个小时。

剩余的时间，小孩都在玩玩具，自己一边配音一边用玩具演绎激战剧情，想象力十足。有一次，几乎是整个上午的行车时间里，我都听见他一直在后面“突突突……哒哒哒……什么玩意儿……哦，我的天哪……”地演个不停，一遍又一遍，非常投入，几乎令我好奇到底是多精彩的玩具可以让他这么入迷。于是我忍不住回过身去一看究竟——结果我发现，那只是两只空的儿童早餐麦片盒子。

我和博尔顿时哭笑不得，我眼泪都笑出来了。

笑完之后我突然悲哀极了——在成人世界里，如今的我们，可曾再有任何一样东西，任何一样，能够让我们获得孩子玩麦片盒子时那种纯

真的快乐。

我从来，从来，没有和一个父亲和一个儿子这样亲密相处过。很多时候我都感觉我在刻意让自己成为一个隐身人，好奇地观察他们之间的动态。博尔是一个负责、善良、有耐心的父亲。每一次小孩嚷着：“爸爸？”（常常只是他在无心喃喃自语）他都极为耐心地回答：“怎么了，儿子？”

而每一天，结束了对孩子来讲漫长而无聊的行车，博尔都会抱着儿子，奖励并鼓舞他：“你实在是棒极了，太乖了，我的孩子。”

那一份慈爱，叫我几乎伤感。

上一次体验这样的伤感，还是在7年前的土耳其。我实习公司的老板带着他的妻子、女儿、儿子，顺便捎上我，专门开车300公里，去往宜家购物。

回来的路上，老板开着车子，一家子刚开始的时候还很欢欣、甜蜜，他放着欢快的歌曲，和副驾驶座上的妻子亲吻，而妻子回过头来亲吻后座的女儿。一个小时后，天色入了夜，一切都那么安静，他们纷纷睡着了，5岁的小女儿伸展着脚，鞋子把我的裤子蹬得很脏。我没有反抗，没有任何行动，像一个隐形人，因为高强度地目睹了一个现实家庭的温暖画面，忍不住哭得满脸是泪。但没有人发现我。

他们都睡着了。我无声地，一直面向窗外。泪水淋湿了我整张脸。

不知为什么，这么多年过去，这仍然是我最难忘的一幕。我终于承认，无论我如何——不屑一顾地，强词夺理地——对“家庭”这个社会学概念始终给予轻视，都无法填补我内心因为欠缺它而导致的遗憾和脆弱。

7

有一年秋天，博尔又从台湾过来看我。从机场下来之后，发现他行李很多，而且很重。他说：“真抱歉太重了，里面有带给你的礼物。”

打开来，我才知道，他从台北带来的礼物，其中一套竟然是：一只非常结实的大平底锅、一包5公斤的面粉、一盒酵母、一只拌鸡蛋用的网勺，还有一瓶上好的枫树糖浆。

他很认真地问我：“你家里有鸡蛋吗？”

我说：“有。”

他说：“我这次来就是想来给你做一次煎饼。”

然后我带他来到我家厨房，看着他打鸡蛋，教我怎么放糖浆、橄榄油，怎么煎。他说他在台湾每天早上煎给他孩子吃，孩子很喜欢。他又重复对我说道，16岁以前，他一直在餐厅打工挣零花钱。

煎饼确实很好吃，而他教我的步骤我早都忘干净了。

我只是直到吃完了煎饼都没想通，这么大老远来，就为了给我做煎饼吗？还自带平底锅、面粉、酵母。

这两年他坚持给我朗读小说，每一次读一章，录成音频文件，然后用E-mail发给我。有时候他工作很忙，但朗读从没有中断过。至今已经读完了三本书。他没有手机，但他却随身携带一套录音设备，大概像一台笔记本电脑那么大的体积，连出差也带在身上，他说，这样录音效果好一点儿。

他的声音很嘶哑，沉缓，读得非常认真。他的年龄如今有57岁左右。

我比照自己，不由得想了想，在我57岁的时候，绝对不可能专门飞到另外一个城市去看望一个人，专门带上平底锅、面粉、发酵粉和糖浆，只为给她做一次煎饼早餐。

也不可能许诺为另外一个人读书，一本接一本，录音，仔细整理，发给她。

所以我一边接受着他千里送鹅毛般的煎饼，一边产生受之有愧的感伤——不，不要对我这样，不必了。这种心意固然深沉，是我最渴望的，但我不想渐渐习惯于它，然后再亲眼目睹它的消逝。就像我恳求别人不要送花，这些美得注定枯萎的东西。

在美国那一趟，我们朝夕共处15天。那15天里面，我有时候感觉我们像两只萤火虫，被调皮的孩子捉来装进了一只玻璃瓶子里，密封起来。外面的世界很丰富，它看着我们，我们也望着它。

黄昏之后，公路边上经常有鹿徘徊。它们想要过马路，却被闪亮的车灯吓坏——站着不动其实还算是安全的。

有一次我们开得很快，突然一道巨大的黑影出现，几乎来不及刹车，然后我们眼见着一只巨大的麋鹿，在即将撞上挡风玻璃的前一刻，飞腾跃起，硬生生从车顶跨了过去——倘若不是它灵巧，以它这么大的体形和我们的车相撞，后果实在不堪设想。

足足吓出我一身冷汗。

自驾的最后一天，我们一口气从早上7点开到了夜里11点，终于到达目的地马里兰州，华盛顿市郊。

黄昏彻底消失，夜幕降临，我们的车穿过一片茫茫的、黑暗中的田野。

不知是玉米还是什么其他作物，无边无际地立在道路两旁，高高的，令我感觉仿佛是自己沉陷在大地中，生生剖剪开一条路。迎着车灯扑来的全是飞虫，噗噗噗地撞死在挡风玻璃上。打开车窗缝，疾风中，扑鼻灌进来的是夏日泥土的腥湿与辛香。

乡间小路许多转弯呈直角甚至锐角，他却开得飞快，叫我担心安全。我让他开慢点，但他只是说："这简直是我从少年时代起就熟悉的一条路，我闭着眼睛都能开了。"

收音机里的爵士乐还在流淌，我们已经到达。最后他把车停到了他在马里兰州的老宅子门口，四下黑黢黢的，就着这门廊前微弱的灯光，他说："来，我带你看看我的回忆。"

就这样我看到一座久无人居的双层大房子，塞满了种种旧物，灰尘的味道很大，一整个房间一整个房间的旧书，从天花板到地板。

他久久地望着那一橱橱顶天立地的旧书，宽大的手掌放在我的肩膀上，极为含蓄、克制而温和地，拍了拍我的肩胛骨。

他说："这些东西，母亲都舍不得扔。她已经90岁了，吃了一辈子垃圾食品，但还是健健康康的……生命很有意思，不是吗？"他模模糊糊地对我说。

那是我们自驾旅途的终点，也是我们那年相见的最后一天。